O acorde insensível de Deus

LARANJA ● ORIGINAL

O acorde insensível de Deus

Edmar Monteiro Filho

Prefácio Suzana Montoro

1ª Edição, 2022 · São Paulo

Sumário

- **7** Prefácio
- **13** O acorde insensível de Deus
- **73** Retrato de Rashmila
- **111** O funcionamento das ampulhetas
- **119** Viúvas
- **135** Ralo
- **139** Confiança
- **165** Medicina preventiva

Prefácio

Suzana Montoro

Há várias maneiras de se definir um conto. Mas o bom contador de histórias não se limita a nenhuma delas. Escreve para contar, apenas isso.

Assim o faz Edmar Monteiro Filho, que vai criando suas histórias como se compusesse um mosaico em que o arranjo das pedras dispostas revela no final o desenho da perfeita condução do texto. Sua riqueza está nas imagens que cria. Há uma pluralidade de detalhes sensoriais que nos enreda e nos faz sentir presentes na cena. Sua linguagem é precisa. Nada está ao acaso. E da mesma maneira como é exigente com a escolha exata da palavra, também exige uma leitura atenta onde cada vocábulo, cada inflexão e cada harmonia são imprescindíveis para manter o fio da narrativa.

O que se vê é uma fluidez que cruza com destreza as fronteiras aparentes entre uma profunda reflexão existencial e uma mera descrição. Há textos longos e outros bem curtos, há os de um instante e há os que se desenrolam sem pressa e atravessam gerações.

Os contos descrevem o viver cotidiano determinado por conflitos subjacentes. Seja na história de um pai em seu universo desordenado, tentando compreender a relação caótica com o filho, seja numa prometida história de amor desviada por crenças e desejos alheios, seja no cotidiano desgastante de um funcionário em busca dos clientes do seguro pecuniário ou na via sacra de um paciente em busca de um bom diagnóstico médico, seja nas histórias reconstruídas por diferentes narradores e pontos de vista fragmentados.

Mas há um tema que perpassa todas as histórias: a passagem do tempo e seu ciclo mítico do eterno retorno. Como se tudo voltasse, ainda que tingido pela pátina dos anos, sempre ao mesmo lugar. Embora a tentativa dos personagens de organizar o caos e subverter a ordem desordenada de *O acorde insensível de Deus* na condução dissonante dos destinos.

Edmar Monteiro Filho reafirma que a boa literatura se faz mesmo é com o bom uso da linguagem nas suas diferentes formas de contar.

O acorde insensível de Deus

*no la cadencia, el círculo
ascendente,*

sino

*el acorde
errante, insensible
de*

*dios
me espanta*

RICARDO IBARLUCÍA

A resposta simples causou decepção ou descrença do outro lado da linha, um subproduto da surpresa que não pude identificar.

— Os quadros estão no museu — repeti. — Por quê?

— Por nada. Queria me lembrar de onde estavam.

Notei esse "lembrar" que o desculpava.

— Os quadros estão no museu faz muito tempo, Faria.

— Disseram que os quadros haviam sumido.

— Quem disse, Faria? Os quadros estão aqui no museu.

Saí da sala, segurando o telefone, preso a um desconforto qualquer. Percorri os salões de exposição, conferindo as paredes.

— E eu estou olhando para eles.

Calculei a ansiedade dele, informado de meus horários, aguardando os minutos antes de ligar para que não fosse evidente. Então, telefonar da redação do jornal: exatas duas e trinta. Agora, calava uma história que não me despertava interesse.

Ele se despediu. Revirei o assunto por uns dias. Depois, despedi-o também.

Outro telefonema, um mês depois: Horácio, do Partido, num domingo à tarde, sem a delicadeza de imaginar o incômodo.

— Professor, é o Horácio.

Esclareceu:
— ... do Partido.
E por um silêncio meu, que se demorava:
— O filho da Tita.
— Ô, Horácio, tudo bem?
— Nada. Então: você ouviu falar dos quadros da Câmara que sumiram?
Eram os quadros outra vez.
— Os quadros estão no museu.
— Tem certeza?
Eu tinha, mas ele precisou insistir mais. Eu não sabia desde quando ou por obra de quem os quadros residiam no museu, mas era possível descobrir se ele quisesse. Não quis. O assunto surgira numa reunião. Alguém mencionara, não se recordava quem. Nada que fosse de maior importância, segundo ele. Retive a sensação de que era. E a conversa encerrada assim.

O vigia despediu-se há cerca de uma hora. Ainda há luz natural, que o horário de verão acende e esquece. O museu está vazio. Trouxe da fazenda Pedra Bela as caixas com as cartas e documentos há mais de uma semana e pescá-las a esmo, decifrá-las, é fascinante demais para ceder à exigência do método. Mas devo colocá-las em ordem cronológica, demorando-me naquelas sem envelope, separando envelopes sem conteúdo, caixa de papel amontoado, manchado de envelhecimento e cheirando a esse tempo guardado num cômodo onde as crianças eram proibidas de entrar. Assim, esqueceram-se por décadas, depois que morreram os homens dos livros e documentos e já não havia a curiosidade pela porta trancada com ferrolho. Num canto, desfazendo-se nas águas das goteiras, pilhas de velhos jornais, quase tudo sem recuperação possível, preciosos livros de registros, semidestruídos. E as cartas, estas que trouxe. Romeu Malagodi, atual proprietário da fazenda, precisava do cômodo para locação de um filme histórico. O sobrado da antiga sede, com seus telhados em ruínas, data da primeira década do século XIX. A vista das janelas que dão para o poente é única.

A fazenda foi adquirida dos herdeiros da família Franco pelo avô de Malagodi, em meados de 1930. Romeu é dono de uma concessionária de veículos, homem destes tempos novos, sem queda para promover restaurações, desinteressado do andar lento dos dias na roça. O que sei, pelo seu relato sucinto: as cartas foram trocadas entre a fazenda Pedra Bela, no vizinho Brumado, a fazenda Moinho Velho, próxima a Campinas, a casa na capital e a Europa, entre 1870 e 1920, aproximadamente. Há registros mais antigos, salvos do descuido. O Alferes Pedro Franco é o antepassado remoto, pelo que sabe. A Pedra Bela ostentava seus trezentos mil pés de café, na virada do século XIX para o XX, quando viviam na fazenda o Dr. Inácio Franco, sua mulher, e os quatro ou cinco filhos. O que Malagodi sabe provém de uma e outra carta que leu, de algumas conversas com o avô, das histórias contadas pela mãe. Nada mais. Disse-lhe o pouco que sei, fatos que recolhi nos velhos jornais guardados no museu. Citei alguns fatos, números. Falei sobre os mortos de sua família, sobre a fazenda, mas ele não mostrou interesse.

Reviro as cartas: maços de papel embolorado, imaginando que alguns volumes, atados com um barbante que se desfaz, formam um conjunto qualquer, mas não: são blocos separados sem critério e sem cuidado. É preciso examinar cada uma dessas páginas para que revelem alguma ordem.

Por uma das cartas, apanhada ao acaso e datada de junho de 1900, sei que o Dr. Inácio está na Europa, acompanhado por dois ou três de seus filhos. O filho mais velho, Lucas, administra a Pedra Bela na ausência do pai. Quem escreve, desde Paris, é a filha Luíza. A carta é dirigida à mãe, D. Ismênia, e endereçada à casa da família em São Paulo, que passa por reformas. Entendo que estão na França para as compras e pela Exposição Universal. A moça tranquiliza a mãe quanto a Elias, outro dos filhos, provavelmente o mais novo. Diz que tem se comportado melhor. Fala do clima, pede notícias de todos. Encerra sem muito mais.

Imaginando a extensão da tarefa de arranjar as informações a partir da correspondência dispersa, decido começar meu trabalho examinando os registros da fazenda, de catalogação mais fácil devido às datas em destaque nas capas dos livros.

As caixas foram colocadas aqui ao lado da mesa de reuniões, onde se empilham antigos jornais, de uma coleção doada ao museu há meses. É preciso desocupar a mesa, ainda que já não sirva às reuniões, que não se realizam desde o ano passado. Os jornais referem-se ao princípio do século XX e estão em bom estado, diferentemente dos encontrados na fazenda, tornados totalmente imprestáveis pela água da chuva. Tenho que examinar, catalogar, organizar os volumes para encadernação. Não encontro tempo para isso. O museu dispõe de funcionários cedidos pela prefeitura, mas não estou seguro de poder confiar-lhes a tarefa. O papel é frágil, sei que não terão o cuidado necessário para manusear essa casca fina, recheada de preciosa informação. Cabe a mim dispô-los em ordem, com critério. Mas agora há esse material da fazenda. Há as cartas.

Calculo quanto tempo levarei para executar a tarefa de organização dos jornais. Talvez, se contasse com o auxílio de um ou outro funcionário, sob minha supervisão, pudesse começar a cuidar dos registros encaixotados, mas é temerário. Um descuido e muito pode ser perdido.

Um conselho carinhoso, oferecido por alguém, há muito tempo: "Faça uma coisa de cada vez". Simples e eficiente. Meu esforço por segui-lo, sem convicção, impele-me a examinar rapidamente a primeira página de um exemplar do alto de uma das pilhas: 7 de dezembro de 1904. Um artigo, intitulado "O café da crise", fala das pressões dos cafeicultores locais sobre o governo, algumas medidas que pretendem ver adotadas para solucionar o problema da superprodução. O Secretário do Interior nomeia comissão para tratar da revisão dos programas de ensino dos grupos escolares. Notas de falecimento. Anúncio da chegada de um lote de chapéus proveniente da Europa ao "A Cosmopolita". Uma coluna à esquerda, intitulada "Agricultura e Indústria", fala em aptidões: "Existe entre nós a mania inveterada de fazermos de nossos filhos doutores, bacharéis, padres ou engenheiros, à força, quando muitas vezes os indivíduos poderiam ser optimos agrônomos, agricultores, hábeis industriais ou operários..."[1]

É tarde. Além disso, não se trata de dar início ao exame dos jornais ou de qualquer outra coisa a esta hora. Apago as luzes e vou para casa.

Ele não está, como haveria de ser. Jamais está, quando chego. Sua casa não é esta ou qualquer outra: a casa desabitada é ele, vagando por quarteirões sem luz, cada vez mais afastados. Sua ausência sente-se antes do silêncio, no momento da chave na fechadura, esse último segundo de expectativa morta. Encontrá-lo no sofá, diante da tevê, seria a surpresa. Mas, meu alívio porque não está e não será preciso analisá-lo com meus olhos mais críticos, encontrar algo que desfaça minha tranquilidade para então culpá-lo pela intimidade que já não temos. O que digo a mim mesmo ou a ele, com a voz de pai, são meus discursos elaborados com as melhores intenções e testadas fórmulas de paciência, exatas doses de dureza e sinais claros de afeição, para que nessas palavras todas algo se torne possível e o transforme, como uma benção. O que se esgota na nossa companhia retoca o nosso

---

[1] *Commercio do Amparo*, 7 de dezembro de 1907, p. 1.

afastamento, mas é o que nos mantém ligados, ainda que tantas vezes de um modo insuportável.

A derrota definitiva de meu projeto de paternidade provavelmente ocorreu quando deixei de lutar para que ele me admirasse. A ordem dos sentimentos, o conforto pessoal decorrente disso a conduzi-lo no meu afeto, para que pudéssemos viver sem contratempos. Mas, por desatenção, talvez, não consegui que perdurasse. Sua admiração por mim, que existiu e que se foi, como uma dor de sua adolescência indestrutível, entre meu amor por ele e meu descontrolado amor por mim mesmo.

O desequilíbrio: necessitei excessivamente de mim. Que essa admiração que resistia sobrevivesse à custa da sinceridade dele. Assim, testava-o, sem contribuir para aprová-lo, podendo, por fim, atribuir-lhe o fracasso de nossa relação. Essa reflexão metódica contemplava também os momentos de afeto, a preocupação genuína com seu bem-estar. A perfeição não se sustenta nas relações, mas nas próprias identidades. Cometeu seus enganos ao tentar conduzir seus próprios sentimentos. Minha presença de nada lhe valeu.

Como pretendi que me admirasse? Segui o modelo construído sobre os bons exemplos. A discussão leva as ideias adiante, seguindo seu ciclo breve e perecendo para que outras tomem seus lugares na preocupação dos homens. Mas ao custo de gerações. Necessitei excessivamente de mim e não pude pensar em nada melhor que o consagrado para pôr fim a algumas dificuldades que tivemos. Não creio que tenha sido a pior das escolhas. Talvez a desatenção. Enfim, há um castigo adequado para cada um dos erros que se comete.

Ele não está. Quando chegar, será preciso saber quanto bebeu, o que ingeriu. Depois, se comeu. Superada essa etapa, que seja por chegar tarde, e então não se poderá estender a conversa, falar de nós, de um acontecimento ou do dia seguinte, esse vazio.

Sobre minha cama estão alguns papéis da Fazenda Serrana, esse outro compromisso que prefiro manter à distância nas minhas exigências. Licurgo telefonou-me faz meses. Esqueço-o, para a conveniência de não me envolver agora com o projeto de reunir os documentos para a história que ele deseja contar. A propriedade é contemporânea da Pedra Bela, mas seus proprietários colecionam minúcias e envelhecem ao lado delas, com os pequenos relatos de cada uma. Ferramentas e objetos pessoais, os móveis, a casa. A genealogia. Por que motivo me escondo dessa história, preparada com a riqueza das evidências disponíveis? Antes, as cartas e registros danificados pela chuva, na Pedra Bela, esse herdeiro desinteressado, a desordem de papéis e o estrago dos livros. Acertei com Licurgo um preço que minha demora envergonha. Mas aguardo uma solução que se construa sem meus esforços, até que se negocie um último e inadiável prazo para que eu possa surpreendê-lo com meu empenho.

Meu filho chegou. Vou dormir.

Cuidar de dois ou três exemplares por dia, como um método. Descontadas as segundas, quartas e sextas, quando o jornal não circulava, diversos números faltantes, ainda assim, dois ou três anos para dar conta das pilhas inconvenientes, esse pedaço de tempo fechado há anos no seu recorte fixo, que envelhece como um bloco único. Observar a lenta mudança dos jornais para a mesa mais ao fundo, completando os volumes para encadernação. Dessa forma, uma parcela do dia para me perdoar, permitindo que siga o conselho e me dedique a uma coisa apenas, uma outra.

A cidade que o jornal exibe é uma cidade que ignora o fato de que envelhecerá, como tudo e todos. Emula Paris, com seus jardins onde se deve passear envergando cartolas e portando sombrinhas, com seu teatro, onde se ouve Verdi, suas ruas iluminadas pela eletricidade. Os nomes de alguns homens são impressos com reverência. Um rio corta a cidade. Mas, ainda que uma deva sua existência ao outro, os jornais ignoram-no. Os acontecimentos estão atados à linha reta dos dias, como se um formato irrompesse no tempo, o conquistasse para si e se transformasse nele. Anunciam-se máquinas, fotos, café, roupas elegantes nas ruas próximas à Igreja Matriz. Reclama-se pelo calçamento das ruas centrais e pela instalação de uma linha de bondes. Planta-se o café para altas produtividades, o ramal ferroviário vende mais bilhetes que todos os demais da Mogiana. Inaugura-se um Asilo de Mendigos. Os redatores e editores estão aprisionados em seu concluído processo de mudança, que eu examino vagamente, dois ou três exemplares de cada vez.

Hugo é o redator de um dos jornais da cidade. Procurou-me. Falamos do meu afastamento da política. Falamos da cidade. Ele falou dos quadros:

— E essa história dos quadros da Câmara?
— Como é que você ficou sabendo disso?
— Um camarada veio com uma conversa, que ouviu falar.
— De onde?
— O que você acha?
— De quê?
— Onde estão esses quadros?

Examinei nossa conversa: o assunto elegera-se com antecedência.

— Os quadros estão no museu.
— Qual museu?
— O da cidade.
— E por que essa confusão toda?
— Confusão, Hugo? Os quadros estão no museu! Estão aqui, qualquer um pode vir e olhar. É entrar no museu e a tela repre-

sentando Bernardino de Campos está exposta na primeira sala. Você é a terceira pessoa que vem com esse mesmo assunto. São quatro quarteirões daqui até a Câmara.

— É um absurdo.
— Quem foi que veio falar disso, Hugo?
— Eu nem sei como foi que começou essa conversa.
— Quem falou com você sobre isso?
— É um cara do Partido, falou meio por cima.
— Mas, quem é?
— Nem conheço direito.
— Eu vou atrás dessa história, Hugo. Será possível, ter que perder tempo com isso?

O museu passou por reforma recente. As paredes, as tintas e tetos novos demais para o velho palacete do Coronel. Havia de se conservar o rústico e suas asperezas mais honestas para o tipo de acervo que comporta, mas não se pode fazer mais que o possível. Enfim, são apenas representações. A documentação do museu conserva-se em armários com esferas de aço. E nos computadores. Mas são papéis assinados que vou ter de procurar. Reviro gavetas e pastas. Ao lado dos arquivos pesados estão as caixas recheadas com as cartas, desorganizadas, perdidas na sua confusão. Abandono por um instante a busca dos registros dos quadros e apanho um dos maços de papel, extraindo a carta que abre o volume. É 1897. O Dr. Inácio está na casa da família, em São Paulo. Escreve para o filho Lucas, na Pedra Bela, informando o dia em que deixará a capital com destino à fazenda para que vão buscá-lo na estação ferroviária do Brumado. Fala em alta do café, pelas chuvas e pelo frio. Texto curto, que coloco numa das pastas vazias que separei para organizar a correspondência. Outra carta, do filho Amador, de São Paulo para a fazenda, datada de 1903, fala sobre a gravidez da mulher, Maria de Fátima, que transcorre bem. Diz que está entediado, e que falta dinheiro para quitar algumas letras. Informa que vendeu parte do café, mas que o valor arrecadado não foi suficiente para o pagamento total dos títulos. Mais uma carta, redigida às vésperas do Natal de 1900 pelo filho Lucas, da parte de sua mãe e endereçada a Francisca em um endereço em Nápoles, pede notícias sobre a saúde de Elias. O teor da carta faz pensar em doença grave ou acidente, mas o texto não esclarece muito. É a letra de Lucas para as palavras de D. Ismênia.

Pedro Inácio: o herdeiro que se desfez dos vestígios da família. Seu nome denuncia uma homenagem, que talvez renegasse. Busco-o nos velhos almanaques da cidade. Na certa terei mais sobre ele nos jornais antigos, mas levarei esses dois ou três anos para encontrá-lo, enquanto a pilha se transfere de lugar, desocupando a mesa de reuniões. Busco-o na caixa com os livros da fazenda, roídos e estragados, colados uns aos outros, documentos se desfazendo, depósito de alergias. É possível ordená-los cronologicamente. Espirro sobre notas de compra e venda de café e de animais. As notas revelam que a produção decresce ao longo dos meses e anos. Revelam ainda as tentativas de buscar culturas novas, alternativas que floresçam como o café para a fortuna e o luxo. Nos anos 10, as terras da família distribuem-se entre os herdeiros do Dr. Inácio Franco. A Moinho Velho se desmembra. Desaparece dos registros. Mais tarde, pelo que sei, loteada. Examinar as contas da fazenda Pedra Bela, ordenadas nas fileiras de números, é imaginar aflições trancadas a ferro. Nos anos 20, a casa na capital é entregue para saldar dívidas. Quando a fazenda é vendida por Pedro Inácio Franco ao avô de Romeu Malagodi, as terras ao redor da velha sede eram pequena parte das que a fazenda possuíra quando o Dr. Inácio fora comprar móveis e tapetes em Paris.

Superado o incômodo de caixas com papéis velhos atulhando os cenários da novela, tenho dificuldades para me encontrar com Romeu. Várias tentativas, para esbarrar em seus compromissos, sua falta de tempo. Por fim, recebe-me em seu escritório envidraçado, sua mesa limpa, seu desagrado. Às minhas costas ficam os veículos novos, os compradores e vendedores, que ele observa enquanto tento fazer com que me fale sobre seu passado. Procuro pelo homem que vendeu a fazenda, por seu avô, por seu pai. Diz que seu avô era de fala curta e seca. Morreu poucos anos depois de comprar as terras. Um tio-avô morou na Pedra Bela por alguns anos. Seu pai recebeu-a como herança. Está vivo, mas doente. Não se interessava pela fazenda e não está em condições de ser incomodado com bobagens. Nada sabe sobre Pedro Inácio. Não tem mais o que dizer sobre o assunto que já não tenha dito quando me entregou as caixas. Não se lembra de amigos de seu avô. Seus tios são comerciantes, não há fazendeiros na família. Digo mais para mim mesmo que será preciso alguns cálculos, pesquisas para encontrar os contemporâneos da venda da Pedra Bela, dos momentos finais de sua ruína financeira. Ele é categórico: não pode me ajudar. Seu negócio é vender carros.

    Uma coisa de cada vez. Os jornais não contam.
    As pilhas obedecem a uma ordem cronológica, trabalho de um estagiário da universidade para facilitar sua pesquisa. Ao final, um rastro minucioso no tempo, assinalado entre as matérias que falam do teatro que ninguém frequenta, das epidemias pelo país, dos rescaldos de Canudos, das propagandas de lojas de armarinho e de máquinas de beneficiamento do café. São todas essas as atenções de que necessito nesse exame, mas é no exame dos velhos documentos que surpreendo certos vestígios que apontam o declínio da família Franco: notas de negociação de café, conhecimentos de embarque, a contabilidade das fazendas.
    A maior parte do dia ocupada com os registros da Pedra Bela. Entre as capas negras dos livros aderem-se alguns envelopes e pedaços das cartas, que ali restam contra a organização

que imponho. Algumas cartas perdidas, manchadas de forma a tornar a escrita quase ininteligível. Muitas que é preciso decifrar, com certo esforço.

Em dezembro de 1904, com uma caligrafia arredondada, elegante, a mais velha entre as filhas do Dr. Inácio, Francisca, escreve à mãe, que está na Pedra Bela. A carta parte da Moinho Velho. Os parentes de seu marido, Jorge, estão chegando de Ribeirão Preto. A filha gostaria de ter alguém de sua família para celebrar o Natal. Nas linhas seguintes, percebe-se a insistência da moça para que a mãe aceite o convite, também para rever o neto, que a avó não vê há quase um ano. Envia seus respeitos ao pai, mas o convite parece não se estender a ele. A expressão "tão próximos" está grifada numa frase repleta de expressões de afeto. A carta pede ainda notícias do irmão Amador, mas não menciona os demais.

Tento imaginar essa família rica, importante, dispersa dentro de um espaço físico que as limitações de transporte tornam difícil de percorrer. Imagino por quanto tempo terão permanecido na Europa, se terão voltado a realizar tais viagens longas.

É fim da tarde e estou outra vez revirando a caixa com as cartas, tentando selecionar aquelas legíveis, separando as trocadas entre 1890 e 1910, aproximadamente. Reconheço o recorte arbitrário, mas me pauto pela curiosidade, que não pode ser descartada como critério de escolha.

O telefone toca. Do outro lado da linha está um amigo, que deseja "aborrecer-me" com um certo assunto. Antes que inicie, já sei do que se trata, e me preparo para ouvir sua fala cheia de constrangimento, recordando nossa amizade antiga, declarando que a demora em saldar a dívida não lhe deixou escolha. Diz que acredita estar ajudando o menino. Imagino que compreenderá meu silêncio e que irá diretamente ao assunto para livrar-se do incômodo criado pelo eco de sua voz no aparelho e pelas desculpas repetidas que pedirá quando eu lhe perguntar qual o valor da dívida e quando eu silenciar diante do montante expressivo, gasto em roupas das quais o "menino" não precisa, vendidas em confiança da nossa amizade. Certamente perceberá que jamais seremos os mesmos amigos quando ele me disser, incisivo, que não há pressa, assim que eu afirmar que estarei na loja no dia seguinte para fazer o pagamento. Despedidas com ares de uma cordialidade que se estranha. Mais desculpas. Desligar.

Como punir a desordem crônica de uma existência que derrota todas as atenções e cuidados? A ordem prevê as consequências das ações, segundo um plano que se aceita e adota. Desconhece a palavra inútil, a punição inútil por seu descumprimento, porque se supõe estabelecida pela compreensão mínima de suas leis. A desordem é improdutiva e suas consequências contradizem seus próprios princípios, já que previsíveis. Minha desavença com meu filho parte da impossibilidade da convivência dentro dos limites da ordem, que ele parece não compreender mais. O desequilíbrio de seu pensamento ignora os padrões de semelhança que sempre procurei ensinar, de forma que as regras se impusessem pela lógica e não pelo rigor. Dessa forma, procurei, desde cedo, facilitar suas decisões, demonstrando o correto em oposição à desordem causada pelo erro.

Sua inteligência destacada, além das minhas expectativas, trouxe facilidades quando restamos sozinhos, na ausência da mãe. Quando a aceitação se impõe, a dor e a revolta são inúteis e é necessário conjugar o que se tem de melhor para reordenar os pensamentos e as atitudes. Assim foi conosco, dentro de um projeto coerente. Julgava que estivesse a salvo de desvios. Viveu uma infância tranquila, durante a qual poucas vezes nos desentendemos. Aprendeu a se preservar para as ansiedades que foram surgindo na adolescência e que trouxeram exigências novas, novas organizações internas. Mas, em algum momento que me passou despercebido, desinteressou-se pela disciplina e passou a descumprir seguidamente os melhores propósitos. Penso que, nesse momento, essa tendência poderosa ao desacerto deveria ter contado com minhas interferências mais rigorosas, mas foi quando me achava distraído comigo mesmo, julgando que as direções a seguir estivessem suficientemente claras para ele. Deixou de me olhar quando eu não o via e me enganei quanto às suas necessidades. Imaginei que não seria mais preciso guiá-lo, que seguiria só. Enquanto vigiei seus progressos, fazendo as intervenções necessárias, estivemos a passo com a ordem de nossa afeição e tranquilidade. Talvez uma adolescência oculta, que não foi possível controlar, uma adolescência múltipla, congregando as aflições que discutimos como pai e filho e permitimos dentro de nosso saudável convívio com outras rebeldias sedutoras, às quais sua inexperiência ou fraqueza preferiu ceder. Desvio qualquer, contestações como um fim em si, desacatos à ordem simples, cuja compreensão elaboramos juntos. Era o bem sem grandes mistérios, que ele preferiu deixar de lado.

Não compreendo o rancor que sua atitude exibe, mas sei que se trata desse germe de desordem que deliberadamente cultiva. Sua intenção não é outra senão imaginar as novas regras para seu comportamento, diversas daquelas da serenidade. Submete-se a elas como meta, mas a anarquia que coordena essas escolhas revela as contestações sem conteúdo que definem sua contribuição às nossas relações nos últimos tempos. Imaginei que ele já tivesse clara a necessidade de exercitar a reflexão e o bom senso, mas me enganei.

Agora, nosso debate mudo ganha voz apenas quando aponto as regras que ele descumpre, como tentativa de confrontá-lo com seu erro. Impõe suas próprias punições por intermédio desse desassossego que toma conta de si. Nosso diálogo é marcado pelas advertências que não posso deixar de fazer. Cabe a ele restabelecer as nossas atenções recíprocas, mas não parece capaz, por ora. Meus longos discursos, nos termos que sempre foram comuns a ambos, desfraldam seu desinteresse. Não sei de que é feita essa repulsa vazia. Não sei que esforço precisaria despender para reordenar-se. Aceito a desordem de alguns de seus modos, a desordem de seu quarto, que piora e avança pelos espaços compartilhados da casa. Mas penso que esses sinais de que despreza nosso entendimento passado carecem de uma resposta que devo dar. Não sei como exibir os erros de sua estratégia diante de seus olhos desatentos por futilidades e inutilidades de todo tipo. Seus desafios se afiguram como um combate. Vencê-lo é o que de melhor posso fazer por ele.

Uma das funcionárias do museu vem me avisar que Licurgo está ao telefone. Peço que diga que não estou e ela me responde que já disse o contrário. Sua expressão séria me envergonha. Apanho o aparelho. Ganho alguns segundos insuficientes. Tudo o que disser soará falso, à exceção da verdade, que não serei capaz de lhe dizer. Minha voz adquire um ar cansado quando o cumprimento, o que me parece conveniente. Desculpar-me é um bom início. Ele não parece aborrecido, mas usa um tom direto para conduzir a conversa, que entendo como um sinal de que sua paciência não irá durar muito mais. Descrevo os detalhes dos documentos que mal examinei. Refiro-me à profusão de informações, de detalhes, da necessidade de um prazo um pouco mais extenso para apresentar os primeiros apontamentos para o trabalho. Ele não se mostra muito flexível e percebo que é hora de lhe dar algo capaz de me franquear uma nova reserva de sua confiança. Falo em fazer as fotos das instalações da fazenda, o que já havia sido mencionado em uma de nossas conversas. Ele deseja saber quando, e fica acertado que irei na próxima semana. Sinto que se satisfaz com isso, porém tenta obter informações sobre os próximos passos da pesquisa, se as datas combinadas para o cumprimento das etapas serão mantidas. Garanto-lhe que sim, mas insisto novamente que, devido a novas urgências e à quantidade do material a ser analisado, ficaria agradecido se ele considerasse alterar ligeiramente as datas acertadas, de modo a conceder-me um certo fôlego. Prefere, por hora, combinar a data para a tomada das fotos. Feito isso, parece um tanto conformado.

Os dias sucedem-se à razão de dois exemplares de cada vez. Há os jornais do dia, que é necessário examinar, informação para compor uma ideia acerca do momento presente, essa imagem que estará aqui, quando for preciso recorrer a ela, tempos depois. Os velhos jornais do século XIX desta pequena cidade trazem notícias do mundo, da agitação política do país, as discussões sobre o futuro de uma economia que se entrega aos humores do café. Os jornais de hoje, desta cidade ainda menor, esta outra cidade, noticiam crimes e acidentes, resultados do futebol da várzea; falam sobre o desempenho financeiro das indústrias da região; reclamações da população por conta das ruas esburacadas. Para mais que isso há os grandes jornais, a televisão.

Folheio um dos jornais da cidade — tiragem semanal de poucas centenas de exemplares. Pretende-se a mudança do fórum para um novo prédio, mas não há consenso entre as autoridades envolvidas sobre o local mais adequado para sua construção. Uma garota da cidade vence um torneio regional de judô. Matéria de uma página interna traz a seguinte manchete: "Desaparecem Quadros da Câmara Municipal".

Em princípio, imagino tratar-se de uma piada, obra de amigos que não tenho. Fala-se no desaparecimento das obras que ornavam as paredes da Câmara Municipal e que foram retiradas sem que ninguém saiba determinar seu destino. Fala-se em "obras de artistas consagrados", homenageando "figuras de proa da história da cidade", em "valor imaterial", em "patrimônio do município sendo lesado", em "parte da história da cidade que se perde". A nota encerra-se com um veemente pedido de providências, exigência dos "cidadãos indignados". Ninguém assina a matéria, o que me faz supor que tenha sido escrita por Faria, o proprietário do jornal, autor do telefonema que trouxe o assunto ao meu conhecimento. Sem dúvida, a publicação contou com sua anuência. Mas, de que se trata, afinal?

Volto aos arquivos do museu para reiniciar a irritada busca pelos registros de doação dos quadros, essa pesquisa que iniciara e deixara de lado, talvez imaginando que o bom senso determinasse o encerramento do assunto. Gaveta a gaveta, pastas todas ao longo de todo o dia sem encontrar o que procuro. Junto à reserva técnica do acervo, recordo-me de caixas com velhos documentos. Talvez as atas estejam entre eles.

Mas a clareza absoluta das evidências se sobressai. Revejo os quadros expostos nas paredes dos salões do museu. São grandes óleos sobre tela, produzidos entre as últimas duas décadas do século XIX e as duas primeiras do Século XX, retratos de benfeitores da cidade. São presidentes da Companhia de Estradas de Ferro, intendentes e presidentes da Câmara Municipal, fazendeiros de café, advogados, juízes, deputados e engenheiros, ao redor dos objetos que lhes são contemporâneos: uma sala de jantar mobiliada, jogos de porcelana, talheres de prata; um escritório com mesas e escrivaninhas entalhadas em imbuia; um dormitório, sua grande penteadeira, a cama com dossel, criados-mudos, baús de couro; um consultório de dentista, totalmente montado. São homens retratados por Almeida Junior e Evangelista da Costa com suas roupas e olhares sóbrios, gravatas borboleta, colarinhos, seus bigodes cultivados contra o desgaste do tempo. Apresentam-se ornados com a aura da sapiência e da alta cultura, como o presidente Bernardino de Campos, ao lado de estantes repletas de livros. São homenagens que perduram ante os olhos daqueles que desconhecem as posições ocupadas por essas vidas nas camadas superpostas dos anos e que os fizeram merecer as atenções dos pintores ou daqueles que os contrataram. Estarão ali até que outros decidam tomar-lhes a importância e o espaço, relegando-os ao esquecimento.

Um telefonema bastaria? A quem me dirigiria, ao presidente da Câmara ou ao prefeito da cidade? O museu permanece aberto diariamente, das treze às dezessete horas, e a partir das dez da manhã nos finais de semana. Os quadros ocupam espaço destacado entre as peças expostas no velho casarão do Coronel, restaurado há três décadas. Fica a quatro quadras da Câmara, talvez à mesma distância da prefeitura. Não, um telefonema não bastaria.

Apanho a máquina fotográfica e começo a registrar os quadros, um a um, as fotos dos retratos de pessoas desaparecidas há cerca de cem anos. É fácil comprovar que se trata dos mesmos que tanto preocupam os vereadores a partir de outras fotos, tiradas na Câmara Municipal quando das comemorações do centenário da cidade, em 1929. Sem grande esforço é possível identificar as telas que ornamentam as paredes do plenário. Mas ainda julgo necessário encontrar os registros e incluí-los no dossiê que preparo para pôr fim a essa questão absurda. Também um texto para o jornal, para que a cidade saiba do que realmente se trata. Encerradas as fotos, sento-me diante do computador e escrevo: "Os Quadros Estão no Museu". Redijo uma nota curta, explicando a situação dos quadros e convidando a população a frequentar o museu, tão pouco visitado.

Ainda assim, um telefonema necessário.

— Faria.

— E aí, professor, tudo bem?

— Faria, o que é essa notícia no jornal, falando dos quadros?

— Pois é, você viu? Todo mundo fala nisso.

— O que é que está acontecendo, Faria? A gente já não conversou sobre esse caso faz meses?

— Eu liguei para você.
— Isso. E o que foi que eu disse, Faria, você se lembra?
— Parece que você disse que os quadros estavam aí no museu.
— Parece que foi isso mesmo que eu disse, Faria. Você não quer fazer uma coisa, vir até aqui agora?
— Agora?
— Isso, agora.
— O que você precisa?
— Não, Faria, é você quem precisa. Você precisa vir até aqui, olhar os quadros na parede e parar com essa palhaçada.
— Agora?
— Olha, companheiro, eu não sei no que é que isso vai dar, mas foi uma palhaçada sem tamanho você publicar essa nota na porcaria do seu jornal. Felizmente, não é muita gente que perde tempo com ele. Eu mandei uma nota para os seus concorrentes esclarecendo essa história. Eles têm uma tiragem maior, as pessoas vão ficar sabendo o que realmente acontece.

As buscas nos papéis guardados na reserva técnica são inúteis. É fato que o documento existe, entretanto já não sei mais onde procurar por ele. Diante da proporção que o assunto dos quadros parece estar assumindo, ainda que o absurdo da situação prevaleça, meu dossiê ficaria incompleto sem a ata de doação ao museu. Não sinto ânimo para continuar procurando e mergulho na desordem das cartas da Pedra Bela, minha disciplina cansada. Apanho os envelopes a esmo. Já reconheço a caligrafia de Luíza, miúda, algo trêmula, como traços de sua insegurança. Francisca e sua letra digna. Lucas redige suas cartas com uma caligrafia culta, em que as letras se alongam e se retraçam, confundindo o entendimento. Encontro uma rara carta da mãe, D. Ismênia, dirigida à filha Francisca. A letra infantil, uma dificuldade em construir suas ideias. São poucas linhas que revelam saudades, trazem apelos pela presença da filha. O Dr. Inácio escreve em estilo técnico. Sua caligrafia traz os elementos onde se espelham os traços da escrita do filho Lucas. Encontro diversas cartas do filho Amador, dirigidas às irmãs, à mãe. Seu estilo difere de todos os demais. Sua letra é rápida, revelando um pensamento que atropela a tinta. Redige num tom afetuoso, mesmo quando o assunto diz respeito às coisas das terras, dos negócios com o café. Há uma ou outra carta de Jorge, o marido de Francisca. Estas são, em verdade, bilhetes, tal sua concisão, e todas tratam de questões de herança, após a morte do Dr. Inácio. Até o momento, não foi possível encontrar qualquer carta escrita por Elias. Talvez não tivesse o hábito.

As cartas lidas seguem para as pastas, protegidas por envelopes plásticos. Assim, retenho a marcha de degradação e as instituo como documentos de uma história que vou tentando compreender. A digitalização dessa correspondência ficará para outro momento. É preferível executar as tarefas assim, uma de cada vez. Se já ficara estabelecido que iria encerrar o exame dos registros da fazenda antes de me ocupar das cartas, desculpo meu interesse crescente apanhando as cartas a esmo como forma de distração do trabalho enfadonho de anotar números, imaginar tabelas e quadros estatísticos para a análise dos dados coletados. Não se trata, é evidente, de um interesse criterioso, como seria exigível, a ponto de substituir a tarefa científica que pretendo executar posteriormente.

Em 1874, o Dr. Inácio escreve a partir da capital a Luiz Guedes, provavelmente administrador da Pedra Bela. A carta é entusiasmada, contrariando seu estilo. Fala dos últimos acertos para que a cidade receba, afinal, a estrada de ferro. O fazendeiro cita a alta produtividade dos cafezais da região como argumento irrefutável contra alguns diretores da Companhia, que contestavam a lucratividade do ramal. Fala de si mesmo e dos seus, realçando seu prestígio, que o sucesso do empreendimento irá corroborar. Pois documentos comprovam a chegada da ferrovia à cidade no ano de 1875, pouco tempo após o envio da carta. A notícia publicada em jornais da cidade e da capital da província, notas de embarque: um fato irrefutável. Mas, da leitura das palavras borradas sobre o papel maltratado, decifro essa existência pessoal cuja mão orgulhosa antecipa os acontecimentos ao seu administrador, mostrando-lhe que as decisões importantes decorrem das encostas repletas de cafezais que circundam a fazenda. O ramal da Companhia de Estradas de Ferro privilegiará, em seu trajeto, o acesso às terras da família Franco. O Dr. Inácio cita em sua correspondência alguns nomes de destaque no cenário político da época, demonstrando o aspecto decisivo de suas boas relações.

Janeiro de 1901: uma carta de Lucas, endereçada ao irmão, Amador, perde-se em formalidades para informar que Francisca e seu marido voltam ao Brasil antes dos demais. O filho mais velho deseja informar que o casal irá instalar-se na Moinho Velho, por determinação do Dr. Inácio, e pergunta se o irmão vê algum empecilho em recebê-los.

Decido buscar e separar as cartas trocadas por volta de 1900, momento em que parte da família se encontra na Europa. Percebo alguns conflitos cujo conteúdo ou desfecho ainda não sou capaz de compreender. Um passatempo útil, certo critério para minha distração.

Então, debruço-me sobre as caixas de papel embolorado e vasculho datas e carimbos em busca de correspondências expedidas no final de 1899, momento em que presumo que a família Franco tenha iniciado os preparativos para a viagem à Europa, indiferente à política local, à troca de poder que parece não afetar o prestígio e as fortunas dos homens do café. Acrescento os anos de 1901 e 1902, sem saber ao certo quando retornam ao país, imaginando as fortunas que terão despendido para financiar uma longa estadia fora do Brasil.

E assim, ao custo de manter à parte outras tarefas mais prementes, vou formando um novo conjunto, uma nova caixa onde se amontoam — à princípio como um recorte menor na desordem que preside os papéis recolhidos da Pedra Bela — as cartas trocadas pela família Franco entre 1899 e 1902.

Ressuscitam velhas alergias que não se manifestavam há anos. Decido substituir o exame diário dos jornais antigos pela tarefa de separação das cartas.

Ele diz que não nos falamos mais, senão por meio dos meus discursos.

Digo a ele que minha tarefa como pai é apontar situações em que ele comete erros e orientá-lo.

Ele pergunta se esse formato não pode ser deixado de lado, eventualmente, para que possamos simplesmente conversar.

Respondo que, se ele alterasse seu comportamento, abandonando sua compulsão pela mentira, seu envolvimento com pessoas sem qualificação, seu desinteresse pelo trabalho e pelo estudo, nada disso seria necessário.

Ele me pergunta o que são "pessoas sem qualificação".

Explico. Não é preciso repetir.

Ele me acusa de desejar moldá-lo como uma criatura infalível, cercado por regras e disciplinas, e que não dou espaço para que seja ele mesmo.

Esclareço, da maneira mais calma possível, que a ordem é o que mantém as sociedades estáveis, que a desorganização é semente da desigualdade e da violência. Ensino-lhe que a euforia é perniciosa, é passageira e, como tudo o mais, envelhece. Um minuto de prazer desordenado é motivo de dores futuras e o risco e o preço a pagar são elevados demais para se deixar o abrigo da ordem e da tranquilidade. Digo-lhe que deve estar direcionado para os objetivos nobres e os bons exemplos que lhe foram ensinados e justifico, perguntando-lhe se não vivíamos em paz quando ele era compenetrado, atento às suas tarefas, comportamento regrado, quando seus amigos eram pessoas serenas, com potencial evidente para um futuro adequado.

Ele se cala. Balança a cabeça com um ar jocoso, talvez para insinuar que as coisas que lhe digo não merecem maior atenção.

Pergunto-lhe se é isso o que pensa, que as coisas que digo não merecem atenção.

Ele me responde que não disse nada a esse respeito.

Digo que sua expressão mostra que ele discorda do que estou afirmando.

Então, ele me olha com uma paixão que pode significar entusiasmo ou raiva para me dizer que meu mundo é limitado e triste, que tento contê-lo dentro de um universo mínimo, onde tudo está pronto e explicado e não existe espaço para a surpresa e para a alegria.

Por um minuto, preciso pensar.

Ele diz que estabeleci um modelo que deve ser obedecido e que tal ideia iguala as pessoas, impedindo que cada um se desenvolva conforme seu próprio desejo, suas aptidões.

Não creio que ele tenha assimilado totalmente o significado da palavra "aptidões", mas não é hora de divergir dessa forma, já que ele me fornece os argumentos de que necessitava para prosseguir. Digo-lhe que o modelo estabelecido é aquele criado pelos bons exemplos, modelo testado, que, decididamente, promove o bem estar da sociedade, baseando-se no respeito entre as pessoas, no culto aos valores construídos solidamente ao longo do tempo e que se mostraram capazes de instruir o regimento que ordena a vida dos homens no sentido da paz e do progresso.

Ele ri. Diz que é o pior dos meus discursos.

Digo-lhe que ele é um ser humano que desperdiça seus dons, que não trabalha e não tem interesse em buscar conhecimento. Pergunto-lhe se não se envergonha de levar uma vida sem conteúdo.

Responde-me que o sentido de sua vida é ela mesma.

Retruco que é uma frase vazia de sentido, como tudo mais que ele diz ou faz. Pergunto-lhe se tem planos, se tem ideias do que fazer ao invés de trocar os dias pelas noites, de perder horas e horas diante da tevê ou de games ridículos.

Ele diz que minha postura é ridícula.

Peço a ele que defina minha postura.

Ele exibe uma expressão que só pode ser de deboche e afirma que o tempo parou para mim, que ele me vê estático entre as peças do museu que dirijo. Diz que o mundo vive sem que eu perceba.

Pergunto-lhe se não se envergonha de viver à custa de uma pessoa assim, se não deveria, então, procurar estabelecer uma vida própria, segundo seus padrões.

Ele me pergunta se é apenas disso que se trata: dinheiro.

Digo que é exatamente do que ele vem falando.

E então nossa conversa destruída, meu desejo de estar longe dele e de recomeçar com um encontro novo, em que ele pudesse apontar um mínimo risco de mudança, em que sua palavra readquirisse confianças, em que pudéssemos relaxar, como antes. Meu desejo simples é de uma adolescência nova para ele, uma que não se desperdice, atenta a um rumo traçado, que talvez possa ser chamado de caráter.

Agradeço em silêncio que tenhamos conseguido travar um diálogo breve, diferentemente de meus monólogos de encontro ao seu silêncio disfarçado de respeito.

Digo que a ideia de que se pode viver sem receio de nada é como acreditar em super-heróis, os mesmos que o cotidiano destrói rapidamente.

Ele me encara para perguntar se desejo que ele viva com medo.

Respondo que o respeito às regras muitas vezes significa temer contrariá-las.
Ele se levanta.
Pergunto aonde vai.
Sai sem me dar resposta.

Selma Regina: o nome escolhido para agradar ambas as avós. Minha mãe não apreciava a combinação que carregava a menção constante à sogra, com quem não se dava, e tratava a mais velha de minhas irmãs como "Regina", simplesmente. Para meu pai, Selma Regina, para não fazer diferenças.

Não sei se ela concorda que é o melhor lugar da casa, mas repetimos o hábito dos pais, sentados à mesa da copa para uma cerveja nas tardes de sábado, sempre que ela está na cidade. Tem vindo com maior frequência desde que ficou sozinha. Pede notícias de todos, mas ignora meu filho como se não fosse a madrinha. Lamento que não tenha sido capaz de perdoar a mudança de comportamento dele.

Somos os únicos dentre os quatro irmãos que ainda se visitam, mesmo que ela venha com frequência muito maior à cidade do que vou a Casa Branca. Ela prefere assim, escolhendo os momentos de abandonar sua solidão. Helena e Vitória não mandam notícias desde as desavenças após a morte da mãe. Não tenho a intenção de romper esse silêncio, já que tudo fiz para que a vontade de nossos pais fosse cumprida com justiça. Não há verdade na máxima que diz que a mãe não vê diferenças entre os filhos. Minha mãe sempre me preferiu, único homem entre três mulheres. Meu pai preferiu-me pela mesma razão. E isso explica a raiva aparentemente espontânea entre irmãos. Penso que não dei causa a esse desacerto. Hoje, ainda não encontramos solução que nos fizesse gostar verdadeiramente uns dos outros.

Minha irmã deseja saber as notícias da cidade. Imagino que nos últimos tempos eu seja sua única fonte para os acontecimentos locais. Seleciono mentalmente algumas manchetes dos jornais e não encontro nada que julgue merecer seu interesse. Falo de algumas pessoas de que não se recorda. Ela me pergunta de outras, das quais não consigo me lembrar. Fala com saudade de um lugar que não existe. Não sei se chegou a existir. Nossas lembranças divergem em torno de alguns acontecimentos, mas excluímos o que nos desagrada. Em nossa melhor edição prevalece a concórdia em nome do afeto.

Mas podemos discordar sobre a beleza de certas mulheres, sobre certa música ou filme, sobre alguns registros que guardamos na memória, cada qual a seu modo. Estávamos ausentes ou presentes onde não estivéramos nunca presentes ou ausentes. Adotamos alguns silêncios sem prévio acerto. Podemos discordar sobre o amor, ou acerca do ano em que um acidente de motocicleta no alto da serra vitimou um casal de conhecidos. Na época, eram meu melhor amigo e minha namorada. Ela não resistiu. Ele apenas perdeu um braço.

Selma Regina fala de uma bicicleta vermelha que teve quando éramos crianças. Minha recordação é de outra cor, talvez rosa ou verde. Enfim, rimos ao relembrar suas pernas curtas demais para alcançar os pedais. Sua teimosia vencera o bom senso de meu pai, que aconselhara um modelo menor. Ela diz que jamais entendeu por que motivo eu nunca desejei aprender. Não compreendo. Ela diz que andar de bicicleta foi uma das grandes alegrias de sua infância. Digo que essa é uma das poucas mágoas que tenho do pai e então é ela a dizer que não compreende. Falo da negativa de meu pai em dar-me a bicicleta, alegando a asma, a maldita e onipresente asma. Ela diz que, pelo que se lembra, escolhi outro brinquedo ao invés da bicicleta. Digo que ela se engana. Recordo-me da rispidez atípica de meu pai, dizendo que eu estava proibido de ter ou andar de bicicleta enquanto não me curasse da asma — que jamais me abandonou. Selma diz que qualquer garoto de nossa época andava de bicicleta e que inventei aquilo para justificar meu receio de não ser capaz de aprender. Diz que estava presente quando eu recusei a bicicleta e preferi mais soldados e índios de plástico, tantos que já tinha. Pergunto por que ela precisa inventar tais coisas e ela me responde que minto para mim mesmo há tanto tempo sobre o assunto que agora me confundo e não mais reconheço a verdade. Não prossigo com aquilo, mas volto a compreender certos rancores que nutria por minha irmã.

Quando nos despedimos, ao fim da tarde, diz que se esquecia de mostrar uma notícia que recortou do jornal "O Estado de São Paulo" alguns dias antes. Leio a manchete: "Furtados quadros do museu da cidade de..." Ela pergunta do que se trata, enquanto condeno a combinação "furtados quadros" como sendo pouco sonora para figurar numa manchete.

— Os quadros estão no museu — respondo.
— Devolvidos?

Ao Exmo. Senhor
Virgílio Soares Amorim
Presidente da Câmara Municipal
Nesta

Senhor Presidente,

Alarmado com as frequentes menções, inclusive junto a importantes órgãos da imprensa do Estado, ao suposto desaparecimento de pinturas a óleo que ornamentavam as paredes dessa Câmara, venho por meio deste esclarecer que referidas obras de arte acham-se expostas no Museu Histórico desta cidade.

A presença das telas como parte do acervo permanente do museu pode ser constatada por qualquer pessoa que se disponha a visitar suas instalações. Entretanto, imaginando que aqueles que se preocupam com a integridade do patrimônio do município talvez não disponham de tempo suficiente para tanto, tomo a liberdade de reproduzi-los fotograficamente, anexando as fotos ao presente. Registrei as imagens ao lado das peças que compõem nosso acervo, de modo a não suscitar dúvidas acerca da legitimidade das reproduções. É possível, ainda, comprovar que se tratam dos quadros em questão, uma vez que são visíveis na parte inferior de cada tela as plaquetas de identificação da Câmara Municipal. Além disso, anexei fotos tiradas no salão nobre dessa Câmara, quando das comemorações do centenário da cidade. Nelas, é possível verificar que são as mesmas telas que estão expostas em nosso museu.

Se, todavia, restarem quaisquer dúvidas sobre o assunto, a comprovação pessoal continuará sendo alternativa bastante razoável para dirimi-las.

A doação das telas ao museu foi efetivada provavelmente durante o segundo mandato do prefeito Dr. João de Oliveira ou o primeiro do prefeito Sr. José Carlos Piazza, o que é possível verificar através dos registros fotográficos que exibem as paredes da Câmara antes e depois desse período. Infelizmente, ainda não foi possível encontrar o documento que oficializou tal doação, mas estou envidando meus melhores esforços no sentido de localizá-lo com a brevidade possível para posterior encaminhamento a essa Câmara.

Sem mais, e esperando que o assunto esteja convenientemente esclarecido, coloco-me atenciosamente à disposição de V. Excia.

Em pesquisa junto aos jornais de 1900, encontro a nota intitulada "Despedida", no exemplar do dia 17 de março: "Seguiu no ultimo sabbado para a Europa, accompanhado dos filhos e do genro, Dr. Jorge Botelho, o distincto amigo Dr. Inácio Franco. Esse distincto cidadão vae em passeio e em visita à Exposição Unniversal de Paris. Agradecemos-lhe a visita de despedida.[2]" Tendo em vista que a exposição foi inaugurada em 14 de abril, imagino que o Dr. Inácio tivesse a intenção de estar em Paris nessa data. A nota não especifica quais dos filhos acompanham o pai na viagem. As cartas revelam que Lucas e Amador permaneceram no país, cuidando das fazendas, mas não pude apurar por que razões D. Ismênia não acompanhou o marido.

Acredito já haver separado em torno de setenta cartas referentes ao período de 1899 a 1902. Quantas mais terão sido escritas nesse espaço de mais ou menos quatro anos? Quantas delas estarão conservadas num estado que permita a leitura? Extrair-lhes as informações que desejo é, na verdade, dar conta de certa ansiedade a que me rendo, ignorando o apelo de outras tarefas, ignorando o método. Ao menos restituir-lhes a ordem. Uma vez organizadas, colocadas sobre um fio condutor que possibilite a compreensão e elimine dispersões inúteis, estarão outra vez aptas a contar sua história, esta que busco reconstruir de um modo tão pouco científico.

Mesmo um exame superficial demonstra que as cartas remetidas da Europa ao Brasil são muito mais numerosas que as que fazem o trajeto inverso. Luíza é a cronista da viagem. Dirige-se à mãe para as descrições dos cenários europeus e para relatar o que veem e admiram na grande Exposição Universal. Há os assuntos que parecem delicados para as preocupações de D. Ismênia, e são tratados com o irmão Lucas. As cartas para Amador são as mais

---

[2] *Commercio do Amparo*, 17 de março de 1900, p. 1.

efusivas, mas se tingem de certo constrangimento a partir de algum acontecimento limite que ainda não consegui identificar. A frequência com que escreve, com seu estilo simples e afetuoso, seus traços algo incertos, talvez revele um temperamento expansivo, ou uma necessidade de suprir a falta que sente da família em razão do distanciamento prolongado. O Dr. Inácio limita-se a tratar de assuntos de administração da fazenda com o filho Lucas, o único destinatário de sua escassa correspondência. Francisca escreve para relatar suas aflições, principalmente com relação a Elias, essa caligrafia que não se mostra. É mencionado como alguém que "melhora seus modos", alguém que adoece em Nápoles e que, ao que parece, não acompanha a família quando esta volta ao Brasil. As cartas de Francisca estão endereçadas em especial à mãe. São desabafos, e não respeitam o silêncio que Luíza estabelece quanto ao comportamento inadequado do irmão mais novo.

Não sei se à época ocorre algum tipo de desconfiança dos brasileiros com relação aos Correios, mas as cartas que deixam a Europa com destino ao Brasil são recebidas aqui com maior rapidez que aquelas que atravessam o Atlântico rumo ao continente europeu. O endereço para onde seguem as cartas dirigidas a Paris é sempre o mesmo. Ainda não pude apurar nada acerca do endereço em Nápoles, de onde a família escreve no final de 1900. Tento compreender as peculiaridades de temperamento dos que permaneceram no país, o porquê da pouca correspondência dirigida aos que estão em viagem. D. Ismênia aparenta algumas dificuldades com relação à escrita. Amador escreve por vezes às irmãs Luíza e Francisca, mas jamais ao pai. Lucas escreve ao pai sobre os assuntos da fazenda. Ao que parece, trata com Francisca dos problemas relacionados a Elias. O silêncio do irmão mais novo é retribuído. Não encontrei qualquer carta dirigida a ele.

Mas impor a ordem a esse amontoado de papel que o descuido arruinou é colocar tudo de lado para exame posterior, segundo as datas em que foram expedidas. Nem sempre é possível ignorar seu conteúdo em nome desse exame superficial. Assim, durante o trabalho, encontro a carta em que o Dr. Inácio comunica ao filho mais velho o retorno ao Brasil em poucas semanas. A carta não está acompanhada por seu envelope, e custo a compreender a data grafada no cabeçalho como sendo de julho de 1901. Portanto, se não houve contratempos, a família esteve fora do país por mais de um ano. O pai deseja que Lucas faça contato com um amigo da família, em Santos. É preciso livrar a grande quantidade de objetos adquiridos na Europa dos constrangimentos alfandegários. "A pagar as taxas que se exige, preferível atirar as caixas ao mar." Há instruções para o destino dos móveis, tapeçarias, lustres, esculturas, quadros e materiais de acabamento. Diz que os objetos e máquinas adquiridos para a Moinho Velho devem seguir para a Pedra Bela. Determina que se faça uma nova remessa de valores para cobrir gastos extras com sua viagem de retorno em companhia da filha Luíza. Fala de "infortúnios" para justificar as despesas excessivas dos meses anteriores.

Por que voltam apenas os dois? Pelo que sei, Francisca retornara alguns meses antes, na companhia de seu marido. Mas e Elias?

Reviro o amontoado de cartas em busca de algumas datas reveladoras. Lamento o quanto da história dessas pessoas desmanchou-se sobre o papel em cicatrizes de tinta. Encontro uma carta de Amador endereçada a Lucas, datada de junho de 1901, informando ao irmão que deixa a administração da Moinho Velho e parte para a capital. Pede que o pai seja informado dessa decisão. Estranha-me o tom não usual no trato com o irmão mais velho, bem como o fato de que tal decisão não tenha sido comunicada diretamente ao pai, que está prestes a voltar ao Brasil.

Um ano antes, ou seja, cerca de dois meses após a chegada da família à Europa, Luíza dirige-se ao irmão mais querido, revelando as dificuldades enfrentadas em virtude do comportamento de

Elias: "O pai não pode com ele, que tem seus ganhos e não atende aos reclamos e respeitos". O cunhado Jorge, que, segundo Luíza, fala muito bem o francês, é companhia do irmão mais novo na noite de Paris. A moça diz que Francisca queixa-se bastante, mas não ao pai, "que já tem seus desagrados" quanto ao genro. Ao que parece, Elias e Jorge saem com frequência para jogar. Houve ocasiões em que retornaram embriagados, com o dia claro. A senhoria da pensão onde se hospedam teria ameaçado chamar os gendarmes em virtude de algazarra à sua porta, promovida pelos dois e certas companhias, que a moça sugere serem mulheres. Conta que houve a intervenção do pai, resultando em discussão áspera. Elias teria ameaçado deixar o grupo. Luíza afirma que não o fez porque sua renda não é tão confortável a ponto de permitir tanta independência.

Recebo essa história aos pedaços, dispersa entre os fragmentos preservados do estrago. Componho, enfim, uma obra nova, minha, maculada pelas influências de minha formação, minhas ideias acerca das motivações e dos palcos onde se desenvolvem os acontecimentos que tento reconstruir. Imagino a jovem Luíza, às voltas com seu tédio em Paris, tingindo os fatos com seu desejo de estar de volta, ou de promover a concórdia entre o pai e o irmão rebelde, ou, enfim, a necessidade de mostrar-se capaz de interpretar os acontecimentos que envolvem uma parcela da família em viagem pela Europa e se tornar seu porta-voz. Até que ponto posso tomar suas palavras como retrato fiel desse momento? Seu pai, sisudo, em contato com os filhos que ficaram no Brasil para administrar seu patrimônio ao mesmo tempo em que busca as novidades da Exposição Universal para trazê-las ao seu mundo. Francisca, aflita com as dificuldades que parecem surgir em seu casamento. Mesmo as diferenças resultantes dessas verdades individuais confundem-se, tingidas pelas marcas de minha própria identidade ou pelas mudanças sofridas por conceitos e ideias ao longo desse século que separa a voz dessas personagens — sua letra borrada — da minha ansiedade em compreendê-las. As cartas atravessam o oceano e chegam ao seu destino, desgastadas pelo tempo passado entre a ponta da pena e os olhos do leitor. O passado é esse continente impossível que vasculho, mergulhado em minhas convicções.

O telefone toca algumas vezes. Os chamados ecoam no museu ainda fechado. Atendo com a voz do meu desagrado e do outro lado da linha cumprimenta-me a coordenadora pedagógica da escola onde estuda meu filho. De imediato, surge a apreensão que sempre acompanha as suas chamadas. É certo que não estará ligando tão cedo para elogios ou notícias agradáveis. Em princípio, pergunta-me se meu filho passa por algum problema de saúde ou se tem outros motivos para justificar sua ausência às aulas nas últimas duas semanas. Ainda tento absorver esse aborrecimento quando o aparelho transmite a informação de que o desastroso desempenho escolar de meu filho atingiu um patamar insustentável.

Penso nas cartas da família Franco, transportando notícias envelhecidas. O momento de abrir os envelopes, a leitura das notícias enviadas desde a distância, na certa incluiria um olhar para a data da remessa, um cálculo mental, imaginando até que ponto as palavras contidas na carta representariam a realidade naquele segundo momento, o da leitura. As cartas diziam respeito a um tempo consolidado e não a um tempo do qual se assistisse ao último movimento, tão próximo; era um tempo que respeitava o espaço que se construía lentamente, sem os venenos da pressa. No caso presente, não existe hiato temporal mensurável entre a fala desagradável da coordenadora e o desconforto que provocam.

Para o diálogo com a mulher, imagino uma fisionomia genérica. A distância que nos separa está desfeita por sua voz de soprano, que me informa que as chances de que meu filho seja aprovado são, mais uma vez, mínimas. Digo a ela que ele tem saído de casa todos os dias no horário das aulas. Ela emenda dizendo que eu deveria averiguar para onde, já que não tem aparecido na escola. Procuro enxergar-me com a idade dele, tendo que conviver com alunos três anos mais jovens, depois de sucessivas reprovações, numa época da vida em que as transformações ocorrem à razão de semanas, meses. Seu retorno à ordem passa pela humildade e a disciplina, características que definitivamente não possui. Digo à coordenadora que terei mais uma conversa com meu filho, no entanto duvido dos resultados. Ela afirma que a escola tem investido muito nele, mas que ele não tem correspondido. Espera que a família — eu — colabore na busca de alternativas para que o desestímulo dele não atinja proporções ainda maiores. Pergunta se ele faz acompanhamento psicológico. Respondo que não acredito nos resultados práticos de tais terapias, mas que passou por uma psicóloga há cerca de um ano, sem progressos aparentes. Ela me pergunta se eu gostaria de ir até a escola para que conversássemos pessoalmente sobre a situação, buscando uma solução conjunta para o problema. Digo-lhe que minhas obrigações tomam um tempo de que o próprio dia não dispõe e que podemos falar mesmo pelo telefone, ao menos por ora. Imediatamente, o silêncio transmite a reprovação dessa mulher que não me conhece, mas que avalia meu comportamento como se eu fosse um de seus estudantes problemáticos. Posso vê-la, enérgica, detestada por professores e alunos, infeliz, envelhecida, emitindo julgamentos sobre as vidas pessoais baseando-se num catálogo de situações. Então, para o meu desagrado, sugere que, se a escola não for capaz de fazer nada por ele ao longo do presente ano, deveria ser cogitada a possibilidade de uma mudança de estabelecimento, pelo bem do rapaz, evidentemente. As respostas que me vêm de imediato são grosserias, ao nível do que considero sua limitada visão do assunto. Prefiro perguntar-lhe se a escola admite o fracasso com relação a ele e ela me responde que nesse caso a escola não está em condições de exceder os limites de suas possibilidades. Diz que meu filho necessita de um acompanhamento que a escola não pode oferecer. Então, alterando o tom de voz para expressar um sentimento que me escapa, ela se desculpa e diz que tem grande estima pela mãe do menino, que foram colegas queridas e que lhe deve muito. Acrescenta que ela provavelmente faria o mesmo por um filho seu. Digo que não me parece muito, uma vez que a escola desiste dele, e ela não me dá resposta. Só resta dizer a ela que irei cobrar explicações de meu filho e me despeço secamente, desligando para ouvir suas últimas palavras reverberando contra meu desalento.

Baixo os olhos para a carta que tenho nas mãos e experimento a angústia de Francisca, sua caligrafia exata, afirmando que Jorge acompanha Elias em suas saídas noturnas para "cuidal-o". Esse registro sobreviveu à umidade na Pedra Bela, possibilitando que eu o leia e torne a lê-lo mais de cem anos depois, enquanto que da voz da velha professora resta apenas o tom desagradável em minha memória muda. Quem conservará o hábito da correspondência? Quem ainda acreditaria em sua necessidade? Amanhã, quem se utilizará dos aparelhos telefônicos, se o isolamento asséptico de mensagens virtuais permite a privacidade absoluta, a criação de realidades particulares? Imagino os cultivadores de livros, de registros em fitas cassete e outras mídias tornadas obsoletas em razão de anos, grupos intolerantes, cercados da paixão por suas escolhas. Publicadas as últimas coletâneas das correspondências preservadas, com o status de documentos históricos, desaparecidos os meios de reprodução de certos tipos de registro, não restará nem mesmo essa herança breve que emudece nos meus ouvidos, mas uma palavra nova, dispersa e frágil, na forma de arquivos voláteis que desaparecem na própria imensidade e simultaneidade.

Estou convicto de que será um dia difícil. Ligo para casa para ouvir o aparelho tocar à exaustão. Não consigo mais compreender os pensamentos dessa pessoa que se distancia mais e mais do espaço que criamos para compartilhar. Penso que esse papel não faz mais parte de minhas atribuições, agora que ele preferiu tomar conta de sua própria vida de uma maneira que não aprovo. Minha aprovação, nesse caso, significaria que pudéssemos nos dar bem outra vez, que nossa conversa não ficasse restrita a admoestações repetitivas. A palavra não mais exerce poder sobre ele. Suas ações estão recheadas de um desmentido, como seu silêncio, nas poucas vezes em que estamos juntos. Suas ações monopolizam nossa relação e é somente a respeito delas que nos comunicamos. Meu silêncio seria negar as possibilidades transformadoras das palavras e admitir que seus ouvidos estéreis possuem outras razões que não somente contrariar as minhas. Talvez seja assim.

Grupos visitam o museu durante a manhã. À tarde, reunião na prefeitura. Mais de um secretário me perguntam de onde vêm os boatos acerca de um roubo de obras de arte na cidade. Só preciso dizer que desconheço a origem desses boatos, mas que já oficiei ao presidente da Câmara para esclarecer o assunto relativo aos quadros. Não se trata do tema da reunião e não preciso me estender mais que o necessário.

À noite, estou em casa, preparando o momento em que estarei sentado frente a frente com meu filho para mais uma conversa franca e inútil. Um princípio sereno, as reações de sempre, impregnadas por esse avesso da verdade que ele frequenta. Depois, meu discurso longo, enquanto seu silêncio, minha espera por sua palavra previsível, meu desconforto crescente, sua palavra tímida e o desejo de deixar o lugar de nosso entendimento para outra hora menos incômoda, um momento qualquer no futuro que possa ser ignorado.

A história da família Franco, na virada do Século XIX para o XX, insere-se de maneira marcante na história da região cafeeira. Grandes entre os grandes produtores de café, seus projetos pessoais ajudaram a traçar o enredo da política e o rosto das cidades. O encontro com sua correspondência e os documentos da fazenda permite vislumbrar um momento em que essas fortunas aparentemente inabaláveis sofriam o primeiro impacto dos novos tempos e os elementos que espero recolher destinam-se a aprofundar o conhecimento que se tem sobre o período. Meu objetivo é utilizar essas novas reflexões com vistas à construção de uma síntese sobre a história da cidade.

O pedigree de um touro charolês, adquirido como reprodutor, pouco antes da morte do Dr. Inácio: evidências da busca por alternativas para uma cultura em crise. Recortes de jornal enviados de uma fazenda a outra, noticiando as cotações do café. Relatos de reuniões dos cafeicultores em Campinas. Informes acerca das pressões sobre o Senado para a abertura de créditos facilitados aos produtores em dificuldades. Notas de embarque e transporte. Os custos crescentes dos fretes. Os papéis da Pedra Bela, por volta dos anos 1910, revelam os percalços por que passaram essas pessoas que enriqueceram depressa e que depressa se deram conta dos humores inquietos do lastro dessa riqueza. Mas percebo que minha busca em meio a esses papéis já se faz com outros olhos.

Não há certidões de nascimento ou de óbito entre os papéis da Pedra Bela. Será preciso buscar registros de batismo junto à Igreja para reconstruir os laços familiares que faltam à minha compreensão. As pilhas de jornais do museu, as velhas cartas, documentos tantos guardando seus segredos. Passo, passei por eles sem que minha atenção tenha compreendido o que na verdade busco. Ainda que formule as questões que desejo ver respondidas a partir do exame de tantas fontes, perco-me. As certidões de batismo para encontrar os laços do herdeiro, Pedro Inácio, com os filhos do Dr. Inácio. Inventários para traçar a direção seguida pelas riquezas do cafeicultor que foram salvas do naufrágio dos preços, mas não dos rancores familiares. Não sei onde encontrar os registros que demonstrem os afetos em decomposição, tragados por não sei que espécie de ruína. Minha tarefa de percorrer cartórios, arquivos, retomar e reler documentos já examinados, nesse jogo de ir e voltar, à medida que o acontecido se revela e torna necessário o descartável, desnecessário o essencial.

Trouxe para casa as cartas escritas entre 1899 e 1902 que pude encontrar, mas estou longe de concluir o exame de todo o material retirado da fazenda. Penso que deve haver muito mais. Penso no que se perdeu, no que ainda não li e que jamais lerei. Penso nas palavras perdidas, fantasmas capazes de alterar esse retrato que vou esboçando a custo.

Procuro manter-me atento ao recorte estreito que estabeleci. Em verdade, antes de examinar as cartas posteriores ao retorno da família Franco ao país, tento compreender todos os detalhes do que se passa durante a viagem. As aflições de Francisca parecem genuínas. Luíza relata sua preocupação aos irmãos e poupa a mãe, distribui as notícias segundo um critério de revelações e ocultações que se baseia em um código que não sei interpretar. Elias parece incomodar a todos com seu temperamento condenável, afeito à desordem. Mas sua figura desaparece no silêncio que se impõe. Sou capaz de vê-lo apenas por intermédio das irmãs, cada qual redecorando os acontecimentos segundo suas escolhas pessoais. Teria sido interessante incluir em meu recorte a correspondência referente ao período que se segue ao retorno da volta da família ao Brasil e a morte do Dr. Inácio. Seria um modo de compreender melhor os desdobramentos dos fatos ocorridos durante a viagem.

Amador deixou a Moinho Velho logo depois da chegada de Francisca e Jorge, que abandonaram Luíza, o Dr. Inácio e Elias, doente ou convalescente, na Europa. Por volta de 1903, mora em São Paulo com a esposa e dois filhos. No nascimento do primeiro, em 1902, D. Ismênia está presente na casa da capital e escreve uma de suas raras correspondências. A carta, endereçada ao marido, que está na Pedra Bela, é escrita com uma formalidade tosca, recheada de uma alegria genuína, pueril: "É pesado o leitãozinho, e tem os traços assemelhados do senhor."

As questões entre Jorge e o Dr. Inácio estão mal esclarecidas, mas ainda há diversas cartas para examinar. Luzia escreve: "O pae não está contente". É quando sei que Elias e o cunhado se divertem como se fossem ambos homens solteiros. Surge uma indisposição com o sogro e Francisca exige os direitos de filha mais velha. Não está claro de onde retira seu poder de persuasão, mas desse conflito resulta que Jorge recebe a administração de uma fazenda. Francisca garante os poderes sobre parte dos negócios da família para valorizar o marido. Ao final, após a partilha, assistirá enquanto Jorge dispõe das terras sem que aprove ou faça algo para impedi-lo. Amador vê-se forçado a deixar a Moinho Velho por sentir-se pouco à vontade com as atitudes da irmã e do cunhado, segundo seu relato. Prefere entregar o comando da fazenda e partir para a capital. Vasculho as cartas que escreve, buscando em meio ao tom agradável que imprime às frases algum vestígio de rancores. Pareço encontrá-lo entre palavras escolhidas para as menções ao pai ou nos tratos com ele, após o ocorrido. Não encontrei cartas de Amador dirigidas à irmã mais velha depois de ter partido para São Paulo. Luíza vive com o pai na Pedra Bela até a morte deste, em 1910. Não sei se está casada na ocasião. Tem 30 anos. Elias desaparece, esse nome incômodo. É da Europa que chegam as últimas notícias a seu respeito.

Aflige-me a súbita constatação de que me esqueci do compromisso com Licurgo, a tomada de fotos da fazenda Serrana, combinada para dois dias atrás. Por que motivo terá silenciado, ao invés de ligar-me para expressar seu desagrado? Seu silêncio compreende-se, como o de D. Ismênia, enquanto os acontecimentos transcorrem à sua volta sem lhe dar satisfação. Talvez seja possível interpretar sua atuação nas decisões dos filhos e do marido como uma influência quieta, mas decisiva, mas não é o que parece. Como afirmar o que parece ser sem as evidências que o transformem naquilo que certamente é?

Bastaria um telefonema de Licurgo para registrar meu esquecimento e, ainda que o fato evidenciasse minha atenção dispersa em outros interesses, poderia desculpar-me realizando a tarefa em seguida, demonstrando que minha determinação em seguir os prazos estabelecidos apenas não se cumpriu por mera eventualidade. Agora, preciso dar-lhe uma satisfação. Devo-lhe o respeito, pelo compromisso que assumi. E devo-lhe minha admiração por ser esse resistente que compartilhou comigo suas lembranças e suas aspirações quanto a elas, determinado a preservá-las num livro de edição luxuosa, repleto de imagens, que poucos irão sequer folhear — encarecido pelo cuidado, pela particularidade. Talvez ambos desejemos o mesmo: editar o passado de um modo conveniente, digno. Meu método para levar a cabo o trabalho que me incumbiu de realizar se dispersa, subjugado por outras tarefas, ou pela tarefa única que elegi como a mais importante ante as demais.

Meu desejo de reconstituição está nas cartas da Pedra Bela, próximas da destruição física, desordenadas e fascinantes. Talvez isso ele seja capaz de compreender, mas que eu tenha colocado meus compromissos numa ordem de importância que desprestigia seu passado certamente será difícil de perdoar. Sem esse perdão, jamais confiará em mim novamente para fazer um trabalho que não me interessa nesse instante, mas que não deveria desprezar.

Há um primeiro levantamento dos registros da fazenda Serrana que concluí, algum material encontrado nos jornais, e há um exame que fiz dos papéis que Licurgo me entregou. É pouco, mas talvez consiga entusiasmá-lo com isso. Não. Duvido que se deixe impressionar, considerando a expectativa que depositou sobre o trabalho. Essa é a medida exata de sua decepção. A história da fazenda herdada por Licurgo interessa-me muito além do fato de ter sido contratado para escrevê-la. Seu enredo é semelhante ao das histórias de outras grandes fazendas de café, como a Pedra Bela, mas com um cenário preservado por personagens metódicos: a velha sede, a mobília, roupas, louças, livros, ferramentas, equipamentos, um museu todo. Ao contrário de Pedro Inácio, os herdeiros da Serrana conservaram os objetos usados no trabalho, no cotidiano, e sua história se reconstrói a partir e ao redor da convivência minuciosa com esses objetos. Licurgo e seu pai, suas tias, seus parentes todos, estão imersos nesse mundo, suas melhores, suas piores lembranças.

Se a tarefa do historiador torna-se facilitada a partir de tantos e tão ricos detalhes, são os cacos da Pedra Bela que me atraem: usar lupas para arrancar as palavras dos borrões na correspondência ou para olhar nos olhos dos personagens impossíveis. Não creio que tenha sido a dimensão do desafio o único motivo dessa escolha. Não sei se Licurgo compreenderia os dilemas de Francisca, por exemplo, vivendo por cerca de um ano em uma pensão em Paris, no centro de um conflito entre seu pai e seu marido, que acompanha Elias em orgias pela cidade, dissipando fortunas. Não sei se Licurgo imaginaria os pensamentos do Dr.

Inácio Franco ao planejar sua viagem à Europa, dedicada a visitar a Grande Exposição, palco das revelações da ciência, como forma de transformação do seu mundo, que começava a mostrar os primeiros sinais de ruína. O que busco é compreender as decisões tomadas por ele com relação a sua família, as mágoas de Amador, o papel de Lucas, comodamente ajustado como o filho de confiança do pai; tento construir um papel para Luíza, um caráter para Jorge, tento dar voz aos silêncios de Elias.

Justifica-se esse aparente descaso pelos assuntos da fazenda Serrana como se justificam minhas frequentes ausências ao museu. Os jornais podem esperar. Licurgo esperará, se quiser, ainda que seja difícil manter-me a cargo da reconstituição da história de sua família a partir dos registros danificados pelo seu ressentimento.

O toque do telefone no centro de meu silêncio: sempre o desagrado. Mariano, vereador pelo Partido, espera por mim no museu. A funcionária deseja saber se vou trabalhar o dia todo em casa. Peço que diga a ele que me aguarde. Não é preciso perguntar do que se trata. Em poucos minutos encontro-me no museu. Mariano espera-me diante do prédio. Depois dos cumprimentos, convido-o a entrar.

— Não, professor, obrigado, tenho umas coisinhas para fazer. Só vim mesmo por uma formalidade.

— Formalidade.

— Isso. O pessoal da Câmara pediu para entregar esse ofício para você. Não é nada de mais, é só para ficar constando lá o que aconteceu na verdade.

— Os quadros?

— Isso. Aquela história dos quadros. Veja o que a gente está querendo: você vai até lá, fala isso que você já falou, só que daí é oficial, fica registrado e aí acaba de uma vez. Se alguém, amanhã ou depois, vier falar alguma coisa, está tudo documentadinho, você entendeu?

— Dizer que os quadros estão no museu, Mariano?

— Isso. Você fala lá na Casa, a gente registra e pronto. É coisa rápida.

— Você já visitou o museu, Mariano?

— Eu? Já, mas faz muito tempo.

— Quanto?

— Quanto tempo? Mais de uns anos, nem me lembro bem.

— Quer dar uma olhadinha aqui, bem rápido?

— Professor, eu venho com mais calma outra hora. Estou mesmo com uma porção de coisinhas, uma aqui, outra ali. Quando a gente vê, já foi embora o dia e a gente não fez nada. Olha, aí tem o dia, o horário, tudo direitinho. Você dá um pulo até lá e pronto. Eu vou estar lá na hora e a gente conversa, certo?

E se vai, apressado.

Convocam-me para comparecer à Câmara, dentro de — urgentes — dois dias, para prestar esclarecimentos acerca do desaparecimento dos quadros que as paredes do salão da Câmara ostentavam, seguramente, há cerca de quarenta anos. Lamento não ter montado o dossiê com todo o rigor que desejava. Faltam-me os registros de doação, mas encontrei nos arquivos autorizações para restauro de certos óleos sobre tela que foram transferidos para o museu. Encontrei ainda um decreto legislativo autorizando transferências de "obras consideradas de interesse histórico e/ou artístico" de prédios públicos para o museu, mas não há nada mais específico que isso. Há as fotos do centenário, que seriam suficientes para identificar os quadros, mas desejaria poder provar, sem qualquer dúvida, que se trata dos mesmos. Dois antigos funcionários do museu poderiam prestar esclarecimentos, já que estiveram presentes à sua inauguração. Um deles milita hoje na oposição e irá declarar que não se recorda da transferência, estou certo. O outro, também aposentado, vive a duas quadras daqui. Estive com ele e disse-me que os quadros estão conosco desde que abrimos as portas, o que não corresponde à verdade, já que a transferência se deu uma década depois, pelo menos. Junto outros documentos, monto um novo dossiê para apresentar aos vereadores, mas não há muito mais o que acrescentar. Seria mais simples trazê-los pessoalmente para uma visita ao acervo, mas talvez nem isso os convença, se não houver documentos que comprovem a realidade que seus olhos irão registrar.

Compareço exatamente no horário previsto e parecem já estar à minha espera. Mariano recebe-me com modos efusivos, apresenta-me aos funcionários e vereadores que conheço, cujas famílias também conheço. Não quero café nem água, mas quero sair dali o mais depressa possível. A conversa, desprovida de finalidade, arrasta-se, rodeando o assunto que nos trouxe a todos até ali. Fala-se de uma ou outra obra na cidade, da restauração da ferrovia na vizinha Monte Alegre do Sul, de um crime. Elogiam o guia da Catedral que acabo de publicar, com o apoio da prefeitura. Espera-se por alguém que tarda a chegar. Por fim, descobre-se que não virá.

Sou convidado a me dirigir ao plenário, onde alguns vereadores aguardam. O presidente convoca dois deles para comporem a mesa e os três se acomodam. Sento-me na primeira fila da plateia, diante da mesa. Os demais vereadores sentam-se afastados, ao meu lado direito. Percebo que Mariano faz as anotações para a ata. Haverá a produção de um documento para registrar a cena, torná-la real. Toda a formalidade está posta. O presidente inicia sua fala nos termos usados por Mariano ao entregar-me a convocação: "simples formalidade", "as notas publicadas pela imprensa", "satisfações à população", "o excelente trabalho do Professor junto ao museu da cidade", "o ofício enviado foi esclarecedor, mas a Casa tem seus procedimentos". Imagino que esses procedimentos preferiram ignorar a realidade.

Mal escuto os comentários emitidos pelos outros vereadores. Por fim, tenho a oportunidade de me manifestar. Apresento os documentos que trouxe, que são passados a todos os presentes para um exame desinteressado, terminando nas mãos de Mariano, que pergunta ao presidente como deve registrar na ata a sua entrega. Informo, em princípio, que os quadros que aparecem nas paredes da Câmara nas fotos do centenário da cidade estão identificados por plaquetas de patrimônio e expostos nas paredes do museu. Não é correto, portanto, afirmar que estão desaparecidos, a não ser que a polêmica se refira a outras obras que desconheço. A notícia não parece provocar qualquer reação e deduzo que, de fato, trata-se do cumprimento de uma formalidade estúpida ter que repeti-lo. Acrescento que o documento de doação dos quadros ao museu ainda não foi encontrado, mas estou certo de que tal documento existe. Informo-lhes que a cópia do Decreto Legislativo contido no dossiê que acabo de entregar autoriza a transferência dos quadros. Então, descrevo os óleos sobre tela, um a um, mencionando as datas em que foram pintados — quando possível — e seu autor, fazendo uma breve menção à biografia do retratado. Encerro, afirmando que estamos a meros quatro quarteirões da comprovação simples de que os quadros estão expostos nas paredes do museu e que qualquer um dos presentes poderá acompanhar-me para a comprovação.

O presidente exibe um sorriso satisfeito sobre o silêncio produzido por minha fala e pergunta aos presentes se alguém gostaria de acrescentar alguma coisa. Os vereadores parecem cansados daquilo tanto quanto eu. Não há mais nada a dizer. Mariano informa que só resta mais uma pequena formalidade: colher minha assinatura na ata definitiva, o que irá fazer dentro dos próximos dias. Peço que providencie uma cópia para o arquivo do museu e ele me pergunta se considero que seja mesmo preciso. Sim, considero que o documento será o registro dessa história inacreditável, que é preciso conservar em todos os seus pormenores. Mariano me pergunta se desejo uma cópia autenticada. Não sei o que responder.

O arquivo que organizo com as cartas lidas, salvas em seus envelopes plásticos, as datas ressaltadas por fitas do lado externo, está praticamente vazio. A correspondência está espalhada pelo chão de meu quarto, à salvo de azares do tempo. Os amontoados de cartas ocupam setores separados no espaço físico do aposento e os critérios de separação são múltiplos: de interesse ou sem grande interesse, de algum interesse, de interesse indefinido; legíveis e ilegíveis, parcialmente legíveis, mas com possível interesse, parcialmente legíveis, mas de interesse indefinido; datadas do período em que a família esteve na Europa, anteriores e posteriores. Trouxe a caixa com as cartas restantes para casa quando percebi que seria preciso consultá-las, em busca alguns esclarecimentos. O círculo de fogo de meu interesse fecha-se ao redor de um grupo cada vez menor de correspondências, mas a frustração e a ansiedade acompanham a tarefa de tentar traduzir o conteúdo de muitas delas, tomadas por borrões incompreensíveis.

Afinal, uma correspondência reveladora. Luíza escreve ao irmão Amador para noticiar que Elias está doente em Nápoles e pediu o auxílio do pai. É o mês de novembro de 1900. Luíza e o Dr. Inácio devem deslocar-se até a Itália. Luíza menciona que Francisca e Jorge já não estão com Elias. Assim, os três abandonaram Paris juntos, mas no momento em que Elias escreve, está sozinho em Nápoles. Imagino essa carta, que existe apenas nesse registro contido de Luíza. Trata-se de uma solitária menção a uma correspondência enviada pelo irmão mais novo. Desligado dos demais por não sei que sorte de atritos, Elias escreveu, decerto, sob o peso de seu orgulho ferido. A que restrições extremas terá ficado sujeito a ponto de recorrer ao pai?

Luíza, por sua vez, escolheu Amador para noticiar a doença do irmão. Imagino por que essa comunicação não tenha sido feita a Lucas, o canal convencionalmente escolhido para os assuntos dessa ordem. Na certa, a moça incomodou-se com a fala dura do irmão mais velho quanto à condução dos assuntos relacionados ao comportamento de Elias, que só pensaria em "... divertimentos, em gozar de regalos e delicias, rebélla-se contra os commandos do pae, escarnecendo das cousas, incapaz de emendar-se e indiferente aos affectos da família." Lucas sugerira que o irmão mais novo fosse "desprezado e abandonado".

O Dr. Inácio, é possível deduzir, era um homem paciente. Sei que tudo foi tentado, mas não sei qual das partes decidiu-se pelo rompimento. Na certa, o pai não abandonaria o filho, não fosse por um imperativo maior: a impossibilidade de sustentar a convivência. Com certeza, tratou-se de uma decisão de Elias.

Mas não se pode descartar o papel de Jorge nessas questões. Francisca queixa-se do marido em suas cartas. Elias era advogado, estudara na Bélgica. Uma das cartas, datada de 1898, menciona tal fato. É de se presumir que tivesse seus conhecimentos, seus recursos, e que seduções maiores atuassem sobre seus interesses. Não foi possível apurar as origens de Jorge, mas seu nome de família não aparece nos jornais da época e o casamento de Francisca parece envolto numa aura de conflito. Não se encontram menções do Dr. Inácio ao genro, e a filha mais velha parece desaparecer das conversas entre os irmãos, após o retorno da Europa e estabelecimento com o marido na Moinho Velho. Amador parece manter sua generosidade alheia a quaisquer controvérsias, o que se altera quando resolve deixar a fazenda — ou é obrigado a fazê-lo. Há cartas suas endereçadas à irmã mais velha — já casada — antes da viagem. Uma delas está endereçada à Pedra Bela, outra à capital, onde Jorge foi incumbido de algumas tarefas pelo Dr. Inácio, ao que parece. Uma carta de Francisca ao irmão é expedida de um endereço em Amparo. Na carta, lamenta-se da errância imposta ao casal em virtude dos desacertos familiares. As cartas de Amador à irmã mais velha encerram-se com demonstrações de afeto e cumprimentos ao cunhado. Tais cartas provavelmente venham a ser objeto de seu arrependimento, anos depois.

Talvez seja possível encontrar algo mais entre as cartas não contempladas por meu restrito recorte temporal, como menções anteriores ao casamento de Francisca e Jorge, as condições sob as quais se deram as núpcias. O comportamento de Jorge na Europa me parece determinar toda a sequência dos fatos. Seu desrespeito à mulher, diante do pai, imagino que terá causado constrangimentos — a se dizer o mínimo. Que pai suportaria calado tal situação? Que Jorge se decidisse a abandonar o grupo após os conflitos me parece uma decisão, no mínimo, necessária, afinal de contas, juntos em um país estrangeiro, sujeitos a uma convivência estreita. Parece-me que sua condição de pessoa não muito benquista pelo sogro seria impedimento inicial para que a viagem à Europa corresse sem sobressaltos. Mas provocar a ruptura do grupo, arrastar Francisca e Elias consigo parece-me sinal inequívoco de suas piores qualidades, afinal, sozinho, como haveria de se manter e mesmo retornar ao Brasil? Francisca foi seu salvo conduto. Elias, cooptado, acompanhou-os, mas, ao que parece, foi abandonado quando os interesses de Jorge apontaram para outras direções.

Francisca é a filha mais velha, mas a administração das fazendas está a cargo de Lucas e Amador, sob a supervisão do pai. Não é possível compreender o poder de barganha de Francisca para receber para si e para o marido a administração da Moinho Velho, mas é visível a atuação de Jorge em tudo isso. Talvez, ao determinar que Amador recebesse o casal na Moinho Velho, o Dr. Inácio tencionasse apenas dar uma solução aos conflitos agravados durante sua estadia na Europa. Seu erro pôs a fazenda a perder e atraiu a mágoa de Amador.

A Moinho Velho para Francisca e seu marido canalha. A Pedra Bela para Lucas. A casa da capital para Amador — o filho mais querido, que cuidou das reformas sem a intervenção do pai —, casa onde nascem seus filhos, rodeados de tapeçarias, móveis e lustres parisienses. É a caligrafia de Luíza que predomina entre as cartas a partir de 1902, bastou uma pesquisa superficial entre as cartas misturadas na caixa maior para comprová-lo. Escreve pela mãe, ou por si, para a troca de notícias entre pessoas que não se gostam mais, ou que afinal encontraram seus sentimentos, uns com relação aos outros. Vai ao encontro de Elias em Nápoles, mas meses depois está com o pai em Roma, fazendo as últimas compras antes do retorno ao Brasil.

O senhorio da pensão onde Elias se hospeda exige os pagamentos atrasados, que se acumulam. Insiste que este deixe a casa, pois sua presença incomoda os outros hóspedes. Não há mais como negociar, ele não tem mais como se manter sozinho. As febres não cessam, o médico se recusa a cuidá-lo se não for transferido para um hospital. As contas da farmácia não são pagas há semanas. Francisca deixou-o por imposição de Jorge, quando a doença pôs fim à parceria. Foi-se quando ele prometeu que pediria ajuda ao pai, com esse consolo fácil para sua consciência, desconfiada, certamente, de que ele jamais fosse fazê-lo. Mas, então, fraco e sozinho, Elias escreve ao pai, pedindo auxílio. Quer curar-se e voltar à Pedra Bela, rever a mãe, os irmãos mais velhos. Contudo, seu pai é um homem de rígidos princípios. Desembarca em Nápoles com Luíza, dando-lhe a incumbência de cuidar do irmão, pagar as contas atrasadas, receber as indicações do médico. Prefere hospedar-se em outro local, longe do filho.

Encontro por acaso, no livro de efemérides da cidade, menção à morte do Dr. Inácio Franco no dia 17 de outubro de 1910, mas essa data distante, numérica, já não significa muita coisa.

Os motivos que levaram Helena e Vitória a traçar uma linha divisória separando-as de mim e de Selma Regina não são tão reais, não envolvem conflitos e valores notáveis. Trata-se de uns poucos objetos, de posições tomadas com relação às vontades manifestadas por nossos pais, que elas prefeririam não respeitar, desde que fossem mais favorecidas. A divisão de bens foi justa, não há do que se queixar, senão dos afetos, um episódio e outro que se tornaram mágoas, mesquinharias. Recordo-me de que Vitória era amável como Amador e de seu genuíno desejo de evitar a discórdia. Selma Regina preferiu-me às irmãs quando decidiram que eu me tornara mais que um inimigo, um irmão inimigo. Sempre admirou seu único irmão e talvez isso prevalecesse sobre meras questões de ordem material.

Uma ingratidão matemática: somos quatro irmãos. Procurei ser justo quanto ao que a mãe nos legou, sem jamais contrariar seu desejo. Não haveria solução melhor. Minhas irmãs, no entanto, prefeririam outras e seu descontentamento se pôs entre nós. Ou talvez o desacordo seja mais antigo. Vivemos juntos até que eu saísse para estudar. Dezessete anos juntos, diariamente, e outros tantos, depois que retornei. Jamais nos escrevemos. O afeto entre irmãos é tão mais difícil, por imposições. Somos desconhecidos.

Troquei cartas divertidas com a mãe, para não deixar transparecer as saudades. Uma ou outra com Selma Regina, para falar de outra pessoa, a mãe de meu filho, de quem guardo uma única carta, sem saber ao certo por quê. Não há memória possível para reconstruir as emoções. Não tenho a correspondência trocada por Helena e Vitória com minha mãe ou com Selma Regina. Meus pais não gostavam da mãe de meu filho. Tampouco Selma, desconfortável madrinha, que encontrou o modo de transferir seus rancores para o menino. Não sei se a perdoo por isso.

Foi se produzindo uma espécie de angústia por conta de meu método. Um germe de indisciplina me incitava a sortear as cartas, arrancar de cada uma delas uma breve essência e pô-las de lado para organizá-las depois. Então, deter-me sobre algumas delas e extrair-lhes mais que isso, aquilo que se escondia, que não se escrevia, certas pistas sobre o incompreensível. O anti-método. Abandonada a cronologia, aproximar-me da própria realidade que se ergue sem projeto e sem governo. Primeiro, a impressão final, os desfechos. Então, voltar para os detalhes. Não se trataria de ignorar esses detalhes, mas construir um suporte preliminar sobre o qual se deporia o restante, na medida do trabalho de organização. Que o suporte se alterasse no decorrer do processo seria aceitável, para que não se tornasse completamente obsoleto, já que nascido de uma impressão inicial, talvez precipitada, mas não necessariamente desprezível. Não renegar a importância do primeiro olhar, mas alertá-lo, libertá-lo de alguns vícios, para que se amplie. Assim, todo um método em que estivesse demarcado o território do subjetivo por sua própria e permitida presença. O anti-método desmentido em método e em possibilidade de uso de um arsenal novo de recursos: a poesia concreta da realidade, borrada pela tinta de um novo trato com o discurso formal. O subjetivo mostrado pelo rigor técnico é falso. As cartas sorteadas davam recurso ao acaso, à ansiedade de conhecer os fatos, pondo de lado discussões que tratam do fato em si, de sua existência ou definição. Num extremo, ausência de critério, sob a leitura limpa da emoção, carregada pela forma solta, rimada e sonora. Noutra, o rigor absoluto da desconfiança metódica, empírica, racional, em busca da verdade mutante. Nessa esquina, onde a irrealidade com que se relaciona a poesia circula próxima da impossibilidade de assumir a verdade em todo o seu mais recôndito requinte e afirmação, o anti-método é possível. Admitir que a realidade inexiste seria naufragar na água negra do mais desventurado relativismo. Um anti-método que permita um olhar minucioso sobre meros sinais na superfície do real; um anti-método esgarçado por dobras de acaso, do subjetivismo levado a um extremo permitido, que beire perigosamente à criação ficcional. Mas o instrumento usado, a forma narrativa direcionada à busca do acontecido comprovável de um dado frio, como um jogo de futebol ou a morte de um rei, usado com uma destreza nova que não desautorize o registro, mas que o contemple a partir da liberdade particular do observador, com toda a permissividade, toda a embriaguez. Sem a permissão do paradoxo, porque inacessível ao enquadramento dentro de um método de abordagem ou de outro, sem concessões à ausência anárquica de um sentido, porque atraído na direção de um objeto de conhecimento, o anti-método flui na atenção e na distração de apanhar o velho papel manchado sem outro critério senão o da ânsia preestabelecida e, por isso, objetiva.

O anti-método é essa ordem contraditória que determina o meu procedimento de trabalho, perdido na procura das palavras de Luíza, Lucas, de Elias, para compreendê-los. Não há desacerto em permitir sem maiores pudores que esse modo de olhá-los se construa a par dos meros registros de suas vidas, de onde viveram, nasceram, sobre quem se tornou proprietário de quê após a morte do patriarca. Se estiveram na Europa, quando embarcaram, quem era casado ou solteiro, que trajeto os trouxe de volta ao Brasil: essas são escolhas para se conhecer um pouco do que foram ou fizeram dentro do período temporal que elegi como palco de minhas observações e do meu interesse.

Lucas, administrador da Pedra Bela, herdeiro dos bens mais queridos de seu pai, olhado com o rancor dos preteridos, algumas vezes sem disfarce, assumiu a incumbência de manter em circulação os valores que mantinham o bem-estar de seus pais, irmãos e agregados no instante em que a crise arranhava as portas dos armazéns. Talvez não o seduzisse uma viagem à Europa para ver a Grande Exposição, mas, provavelmente, não teve a oportunidade de escolha. Da mesma forma que Amador, que aceitou o comando da Moinho Velho, como sempre aceitara os afazeres próprios da sua condição de filho aquém das predileções de seu pai, mas fiel a ele. A voz apagada de D. Ismênia, incapaz de impedir as decisões carregadas de injustiça que o marido tomou em relação ao mais amável de seus filhos. E Amador, magoado pela arrogância de Jorge, privado dos aliados mais fortes — seu pai, intransigente, seu irmão Lucas, omisso — contou apenas com a mãe e com a simpatia volúvel e impressionável de Luíza. Francisca, ponto central das decisões, efetuou sua escolha por Jorge, contra Amador, da mesma maneira que antes escolhera contra Elias, deixado só e doente de tifo em Nápoles.

Como esses ressentimentos permitiriam que os traços dos personagens permanecessem evidentes para que eu os seguisse até a compreensão ampla de suas relações, dessa história que escolhi entre outras possíveis? Isolados pelas distâncias datadas dos envelopes que passaram a circular em certo momento através da letra exclusiva e suspeita de Luíza, apagaram seus rastros, dispersos em assinaturas nos documentos que não encontro ou que não tenciono procurar agora. Seus desacertos frustraram os sonhos de permanência que o Dr. Inácio teceu ao se registrar ao lado dos filhos na velha fotografia que encontrei num dos envelopes arrancados da desordem da enorme caixa. O casal Franco aparece sentado no centro da cena. Elias, vestido como um boneco afetado, ocupa o colo da mãe e parece esticar-se para frente, na tentativa de escapar da pose que se impõe. Luíza, do lado esquerdo da foto, apoia-se ao joelho livre da mãe, que olha para a câmera com um ar de sofrimento, vestindo uma blusa clara, rendada, e uma saia ampla, que abriga os pés miúdos da filha mais nova. Francisca está atrás da mãe. Sua magreza somente é visível da cintura para cima, seu penteado de mulher mais velha. Ao lado direito da foto, o terno escuro do Dr. Inácio contrasta com o terno provavelmente cinza de Lucas e com o traje claro de Amador, ambos atrás do pai. Amador é o único que parece sorrir.

Temo mexer nas cartas que restaram.

Ainda não são dez horas. Chego ao posto de gasolina com uma sensação de conforto: afinal, meu filho confirma minha convicção de que está se destruindo. É um sentimento conhecido, decepção preparada. As decisões que antecipo são da ordem das reações que terei que demonstrar: serei compreensivo ou duro? Repetirei falas em tons de consolo, como se acreditasse que ele se magoa, ou utilizarei outras, em que afirmo que ele não gosta de si e não aprende com seus erros? Devo permitir que fique em silêncio, pensando sozinho nesse idioma que não consigo decifrar? Pergunto à menina da loja de conveniência e ela me diz que ele está num sofá que possuem numa saleta, ao lado do escritório, acompanhado de um amigo. Diz que acha que ele está bem, mas que talvez eu devesse levá-lo ao hospital para tomar uma injeção. Encontro ambos deitados: meu filho no sofá, o amigo no chão — mais jovem, cabelos tingidos de uma cor impossível, os mesmos piercings. Se houvesse mais alguém presente talvez eu me demorasse em olhá-lo, mas estou aborrecido por me obrigar aos castigos que seu comportamento impõe. Desejo resolver depressa e anotar mais esse episódio entre os que compõem a imagem que faço dele. O ambiente cheira a vômito.

Tento erguê-lo. Seu peso resiste por um instante, e então desperta e me repele, para se colocar sentado por conta própria. Quer saber, com voz rouca, quem me avisou. A dona do posto ligou para dizer que você caiu aqui, vomitando e dizendo que ia morrer. Ele não sabe o que foi: bebeu sem comer, ou depressa, alguma coisa na bebida, um dia ruim. Quer saber o que eu acho. Opto pelo tom de meu discurso. Acho que você percebe para onde vai indo. Ele diz que se sente mal, e eu avalio seus olhos abertos, olhando sem direção. O que você tomou? Ele diz que não se lembra ao certo, e eu sei que está mentindo. Quer passar no plantão? Tenho que repetir a pergunta para que ele me responda que não tem nada. Você se aguenta em pé? Não se move, respirando forte, pálido, magro, só.

É necessária a ajuda do frentista para colocá-lo no carro. Imaginava que tivesse essa última ponta de orgulho para um esforço, mas se entregou e temos que carregá-lo. Não deseja deitar-se. Digo aos funcionários do posto que não conheço o amigo, que deveriam chamar a polícia para levá-lo dali. Mas a moça pede que eu pague as despesas que deixaram, e apresenta o ticket.

Vamos para casa e imagino que terei de arrastá-lo até a cama. Quer passar no plantão? Responde outra vez que não, os olhos parados. Chegamos. Ele desce rapidamente, cambaleando. Recusa apoio. Deita-se no sofá, assim que abro a porta. Quando será que vai perceber o que está fazendo com você? Ele diz que não quer ouvir nada. Você sabe onde isso vai dar, não sabe? Ele respira, ergue a voz no escuro para dizer que não, que não sabe. O que você acha dessa vida que você leva, está tudo em ordem para você? A resposta lenta, em voz baixa que ele me dá é que ele não quer falar. Você não quer falar, não quer pensar, por isso vai afundando cada vez mais e ninguém consegue fazer nada. Eu não consigo fazer nada porque você não quer ajuda. Toda ajuda custa alguma coisa, ele me diz. Se você não achasse que... Imagino seu olhar em mim, na sala escura. Ele se acalma e começa a catar as palavras. As coisas têm uma lógica diferente, que você não vê e nunca vai ver. O bom, o ruim, o que vale é o melhor advogado, não é assim? — meu sarcasmo pergunta. Os advogados estão no meu ouvido, falando o que eu não quero ouvir.

Nunca entendi essa luta da vontade contra o vício, essa ideia de um mal com advogados, como ele diz. Que seja um sofrimento é incompreensível, porque o bem-estar depende de aplicação. Quem não está à altura disso não irá superar sua condição, seja qual for. Temo o dia em que pedirá ajuda e eu precisarei mostrar-lhe as condições que terá que superar, e tudo tão somente para reencontrar o que já possuiu. Uma vez que se aprenda a fazer a distinção entre uma atitude correta e seu oposto não há quem se torne incapaz para isso. Não há nada mais claro. Por isso, o vício é escolha de gente fraca.

Agora, dorme, para despertar amanhã no centro de um dia semelhante, em que não o encontro, onde o desconheço. Meu papel de dizer o que deve ser dito esgota-se. O silêncio amanhã será para evitar o trato com as palavras que ele transforma em letra difícil. Falaremos de quê, se o centro de tudo desaba sobre nossa condição de pai e filho? Que assuntos teremos para tratar se não resolvemos simples questões de um idioma que nos desune? Seus gestos apontam na direção de um pedido de auxílio, de um abraço, um toque reconhecido, mas esse apelo mantém-se guardado num lugar de indiferença. O conhecido não emociona mais quando a ansiedade de construir uma história nova por dia assume um apelo incontrolável. Recusar-se à ordem é risco contra um fundo de cores conhecidas; é gritar, escrever em tons borrados um discurso que não se traduz mais para o idioma da compreensão.

Ajudá-lo é somente estar ao seu lado enquanto dorme e me ouve, como se ainda fosse possível levá-lo de volta comigo para onde nos reconhecemos. Olhando-o assim, relembrando as coisas que me disse, vestido como essa pessoa nova que se tornou desde que decidiu ser sozinho, compreendo que é tarde, já estamos separados de modo irreconciliável. O que me traz certo alívio.

Diante do museu, encontro um funcionário municipal à minha espera. Oferece-me sua prancheta e a esferográfica para que eu coloque minha assinatura numa convocação. Devo depor na Comissão de Inquérito que apura o desaparecimento dos quadros da Câmara. Assino. Subo as escadas do palacete do Coronel. Passo por minha sala desorganizada, pela sala de reuniões, sobre cuja mesa amontoam-se os velhos jornais que não leio, os jornais das últimas semanas, a correspondência que não abro há dias. Percorro o salão principal, examinando as paredes, e encontrá-las vazias não causa surpresa ou decepção.

Volto para casa. Meu filho já se foi para morrer em Nápoles.

Retrato de Rashmila

Talvez Rashmila seja um ser humano comum, menina prestes a completar quinze anos de idade, velha demais para casar. Hoje, as mulheres devem amadurecer mais cedo, como as frutas que se prova antes que estejam prontas, seu melhor suco e sabor impossíveis. As crianças nascem com os olhos abertos, aprendem a andar antes de um ano de vida. Rashmila talvez tenha sido essa criança precoce, não diferente das meninas de seu tempo, presas da ansiedade progressiva da raça e da pressa de compreender o mundo. Muito cedo, manejar os fusos com os dedos pequenos, habituar os olhos aos segredos das cores e tinturas e os braços às pesadas bilhas de água. Muito cedo, mulheres para os cuidados com a casa e a comida, para o casamento e a reprodução, mesmo entre aquelas nascidas na casta shakya, de prestígio e privilégios.

Mas Rashmila não transita mais entre as criaturas comuns, agora entronizada como a kumari real, reencarnação da grande mãe Taleju dos dez braços, nascida de Shiva e Brahma, vencedora do demônio Mihashasura, libertadora do mundo. Vive na Kumari Bahal, menina-deusa encarcerada, longe do mundo exterior, exceto nas ocasiões determinadas. Rashmila: esse nome enganado, à espera do instante em que se consagrará o corpo de outra criança para servir à deusa, ou o nome em suspenso, recolhido a certa esfera desconhecida, de onde surgirá, anos depois, para reassumir seu pobre corpo usado e abandonado?

    Há anos, os demorados banhos aromáticos trocados pelos cremes chineses que amaciam a pele e possuem um aroma como o dos melhores bálsamos. As massagens nos pés e nas costas vêm em seguida. Os cabelos muito longos, penteados com a lentidão dos dias, no silêncio vermelho e dourado dos aposentos recendendo a canela e tapeçarias velhas. Os gestos incontáveis da guardiã, repetidos para o cansaço dos braços, todas as manhãs, e então o arranjo prendendo os fios esticados para trás, a evidência destacada da testa grande, dos olhos. O hábito suprime a palavra: inclinar o pescoço para trás, manter o rosto imóvel enquanto se reforça o fundo em vermelho e os contornos dourados para o terceiro olho, entre as sobrancelhas depiladas e marcadas a lápis; olhos fechados para o brilho escuro sobre as pálpebras, o traço em preto partindo da comissura delas até perder-se na raiz dos cabelos, logo acima das orelhas. Antes do vermelho vivo sobre os lábios, mingau e legumes e os cuidados com os dentes. A qualquer momento, o início das preces, disparadas pelo sinal agudo de um címbalo oculto em algum aposento do palácio. Então, hora dos trajes: conforto para os dias de repouso, aparência para os dias de visita, luxo para os poucos dias de festas durante o ano, quando se pode deixar o palácio e ver a cidade.

    Incenso, mantras: essa criatura, Rashmila, pronta para o dia de visitas, vestida de ouro e carmim, adornada com uma tiara simples, caminha sobre os tapetes vermelhos até a sala do trono e senta-se, miúda, elevada pelas almofadas coloridas, entre os dois leões de pedra. A porta estreita escancara a claridade do dia contra a penumbra da sala, um murmúrio contra os pedidos de silêncio, os odores do mundo contra a atmosfera imutável. Enfileirados, avançam um a um os seres humanos diante do trono.

Põem-se de joelhos para receber a benção ou para o gesto permitido de beijar os pés da deusa. Horas a fio os passos no chão de pedra, as oferendas: tecidos, alimentos, flores, joias, dinheiro, um feixe de cabelos, atado com fita vermelha e dourada, brinquedos, fotografias, uma galinha que sofre com os pés e o bico amarrados, caixas de todos os formatos.

Novo toque do címbalo e as visitas se encerram. Aqueles a um passo da deusa imploram para receber o toque de sua mão e deixar sua oferenda, mas os monges inflexíveis esvaziam a sala, sob protestos e choro. Num último ato, a guardiã lava os pés da Grande Mãe e a água é recolhida. Diante do palácio outra fila aguarda para receber o medicamento, eficaz contra todos os males do corpo e do espírito.

Se não possuísse o mapa astral idêntico ao do rei, se aos três anos de idade tivesse demonstrado medo diante dos sacerdotes usando máscaras assustadoras, a sala escura de cujo teto pendiam cabeças sangrentas de animais; se não tivesse reconhecido a pequena caixa nacarada de sua antecessora entre dezenas de objetos expostos, Rashmila poderia continuar sendo Rashmila, para misturar-se às outras crianças, banhar-se nos rios, caminhar pelas ruas abarrotadas de gente, casar-se aos quatro anos. Mas a Senhora Taleju reencarnada revelou-se aos olhos do Conselho e dos sacerdotes, seus predicados evidentes dentre os de tantas candidatas, e aquela que se julgava ser a pequena Rashmila assumiu seu lugar como kumari real.

Encerradas as visitas, viriam as preces da manhã. Mas a divindade é conduzida ao salão espaçoso onde recebe as costureiras, para fazer os ajustes do traje que usará durante a bênção ao rei. A lembrança desnecessária pela repetição dos gestos, dia após dia, mas por que o cansaço das visitas em dia da bênção real? A vontade que prescinde das palavras. Por isso sua voz rara não irá requerer as explicações que não interessam e talvez não a satisfaçam. Então, deixar-se vestir com enfado silencioso, tanto incômodo, agora que necessita renovar as medidas com frequência.

A bênção real, solenidade que tanto se prepara e dura um gesto, um instante da voz da deusa, das poucas ocasiões em que é ouvida em público. É sabedoria para que o soberano tome decisões corretas; são as armas de Taleju para o combate contra as forças malignas que habitam o mundo. De volta à sala abafada, que ainda recende a suor e flores murchas, a divindade aguarda ereta, terrivelmente bela, a chegada do rei. Seu rosto carrega outra maquiagem, faixa negra que recobre as pálpebras e aprofunda o olhar, o terceiro olho retocado com novos brilhos, os braceletes preciosos, anéis e colares, todo o ouro do novo traje.

Ouve-se o burburinho do lado de fora do palácio, entre os ruídos da chuva que começa a cair. Devagar, o clamor se aproxima, até que as portas principais são abertas e a sala se enche dos odores despertados pela água que despenca em grossas gotas, água dos céus que jamais tocará a pele da kumari. As torrentes oscilam, tocadas pela monção e parecem abrir passagem à comitiva do rei Gyanendra, que sobe as escadas e se anuncia com a batida dos encharcados tambores khamak.

Fossem outros tempos e o encontro entre o rei e a deusa coroaria as festividades iniciadas vários dias antes, celebração pelos poderes que comandam o cosmo. Mas o governo maoísta reescreve as tradições e o que se permite agora é somente o cortejo que conduz o rei deposto até um encontro privado no palácio, onde uma menina em um trono irá proferir as palavras que lhe garantirão conforto para os dias vazios de poder.

Os soldados precedem ostensivamente a comitiva, empurrando a multidão com seus fuzis arrogantes. Dispensado o palanquim, de dificuldades pelas ruas estreitas, o rei caminha, protegido por um enorme guarda-chuva branco franjado, como seu traje, seus sapatos que o barro e a sujeira das ruas maculam. Seguem-no os cortesãos, com suas vestimentas de um luxo acintoso contra as fardas surradas. Por fim, os monges, vestidos do vermelho e do laranja que imitam o ouro da deusa, seu canto grave disputando espaço com a voz pesada da chuva, o incenso que carregam mal se salva da umidade.

Então, mesmo a chuva parece silenciar quando o rei transpõe o umbral da sala do trono e avança lentamente, de olhos baixos, pelo centro do salão. Um solitário sacerdote entoa o cântico que acompanha os passos do soberano até os pés da deusa encarnada. Aí se curva. Taleju põe-se em pé, a voz que profere a bênção espalha-se pelo ambiente como o aroma do sândalo. Suas palavras ecoam encantamento e solenidade. Mas a fala breve interrompe-se repentinamente, sem conclusão. O rei arrisca um discreto elevar dos olhos, enquanto o silêncio se prolonga no braço suspenso da kumari, até que um sacerdote dela se aproxima, diz algo em voz baixa e se afasta. Então, a cerimônia prossegue, a deusa pronuncia as palavras finais de sua bênção e toca levemente a cabeça de Gyanendra para que se levante.

Tudo encerrado. O rei se retira, de encontro à cortina de água que o engole assim que desce as escadas. Fecham-se as portas do salão do trono. Na rua, a multidão canta, agita as bandeiras nepalesas que os soldados distribuem nas esquinas, segue o cortejo do rei que retorna ao seu palácio, protegido pelo poder de Taleju por mais um ano.

Conduzida de volta aos aposentos, a deusa encerrada mergulha outra vez na penumbra. Talvez recobre a força secreta de seus braços múltiplos, capaz de abençoar plebeus e soberanos. Os pés divinos pisam um mundo de tapetes vermelhos, os sons que povoam seus longos dias calados são cânticos, as orações e as raras palavras dos servos e guardiões. A sucessão das horas e dias assinala-se pela troca dos trajes, visitas, homenagens dos monges, refeições, sono, breves aparições na sacada do pátio para os estrangeiros, e, subitamente, a benção anual ao rei e o festival de Indra Jathra que se aproxima.

Durante os festivais, esses poucos dias transformados, a deusa deixa o palácio para ser vista pelo povo. As ruas estreitas de Kathmandu velha enfeitadas com bandeiras de todas as cores, gente aglomerada nas janelas, no espaço disputado. Do alto de seu andor, carregado nos ombros fortes de seus devotos, essa criatura que um dia será outra vez Rashmila avança em meio à multidão compacta, deixando-se admirar, recebendo flores que voam das sacadas e dos braços esticados à sua passagem, gente que ora, clama por um olhar, uma atenção. E percorre um a um os templos da cidade para abençoá-los e autorizar as danças e os cantos que se prolongarão por três dias. As notas rudes, executadas por mãos, pesos, toques, intenções diversas, o silêncio como nota rara na pauta.

Frequentemente, a deusa sonha com a menina Rashmila, seus pés sobre um tapete úmido, que se estende por entre raízes de árvores, grandes animais de sombra. Há desenhos intrincados nos vales e elevações de todo tamanho, um relevo composto em detalhe; verdes, cores múltiplas, tingindo cada formato desabrochado na desordem, tecidos inexplicáveis, de sinais próprios, como fruto de teares e pincéis absurdos. A cada passo, as sensações transportadas nas solas dos pequenos pés. O espaço riscado a todo instante por insetos, objetos de vida esquiva, distraídos em seu próprio mundo, enquanto a menina atravessa o enxame de encontro a um destino vagamente incômodo. O aroma cansativo do incenso substituído pela substância aromática do mundo vegetal, o ar móvel, como às vezes é percebido, por descuido, no trajeto entre uma janela e outra do palácio. Um sonho de sentidos novos, acesos, a atenção quase desesperada para compreender a imensidade dos detalhes inéditos, um sobre outro, rápidos, esquivos.

Assim também o sono da menina Rashmila assombrado por seres humanos de distintas aparências, vozes, modos, como brotos brilhantes nascidos do caule monótono dos dois ou três personagens que habitam o palácio: guardiões, sacerdotes que cantam diariamente à mesma hora e as figuras indistintas que entram caladas e se curvam diante do trono para desaparecer em seguida, para nunca mais. Esses vultos múltiplos, com suas vozes misturadas, produzem um mantra que se desenrola com uma rapidez incompreensível, criam a surpreendente sensação de sopro fino contra a pele, cortina leve, que oscila em locais ocultos da memória. Os cabelos que são, mas não são os seus, uns braços que se movem devagar, o corpo varrido com a água fresca de uma chuva que cai sem aviso, inundando a carne para dissolvê-la, mesclando-a à substância do solo verde, das nervuras veias das árvores, da própria substância do sonho que se apaga, misturando-se ao tecido das cortinas cerradas, a luz resumida nas chamas das velas, que consomem os dias e tingem as noites com a cor das solenidades.

E enquanto a criatura que é, mas não é Rashmila caminha pelos corredores do palácio, são fragmentos desse sonho que lhe revolvem a indiferença, algo que incomoda, como as palavras esquecidas da bênção. E, repentinamente, sua atenção desperta e se vê cercada de cuidados para retocar a pintura, outra vez mudar o traje, as instruções da guardiã para que seja levada ao aposento reservado à sua saudação aos estrangeiros.

A menina-deusa freia os passos. Diante dela está a sacada, onde aparece mensalmente para se exibir aos estrangeiros amontoados no pátio, uma fresta de um instante para a adoração daqueles que desconhecem seus próprios deuses, que assassinaram seu único deus ou que esperam indefinidamente por ele. É um incômodo breve, mas que vem se repetindo em frequência nova, mas nunca antes em dia da bênção real. Sua vontade contrariada registra um desacerto, seu universo vago penetrando a realidade com súbita desconfiança.

Rashmila espera uma explicação que não se concretiza, a guardiã estática às suas costas, indicando a porta que dá acesso à sacada. E com a voz limpa, seu atributo mais impressionante, a kumari manifesta sua incompreensão:

— Por que isso, agora?

A guardiã hesita.

— Não é dia para isso.

A guardiã de olhos baixos, os gestos recuados.

— Nada sei, Divindade. Sigo as instruções do guardião.

— O guardião, onde está?

— No pátio, com os estrangeiros, Divindade.

Mas a disposição para as palavras se esvai, que jamais tantas foram necessárias para que o mundo caminhasse. São poucos passos até a porta entreaberta. Em um momento, o gesto acostumado de se aproximar da sacada e aguardar que a guardiã toque um pequeno címbalo, anunciando sua presença; daí, avançar até diante da porta, que deve ser aberta por tempo suficiente para que ela se deixe ver e nada mais. Para a menina que já foi Rashmila o ritual consiste em fixar os olhos no canto oposto do pátio para ver o jovem bonito que sempre ocupa o mesmo lugar, seus olhos vivos por um instante e a porta que se fecha outra vez. As demais presenças no pátio são sempre vultos brancos, braços que se agitam, vozes, aplausos que duram esse segundo e depois se abafam atrás da porta cerrada.

Mas, dessa vez, algo muda. A porta se escancara para a claridade e a chuva e a kumari surge inteira, antes de ser anunciada pelo toque fino do címbalo. Então, o dia explode numa sucessão de relâmpagos que exclamam a partir do pátio, enquanto o olhar desgovernado da menina se perde no turbilhão movediço de cabeças, braços, gritos e luzes que espocam contra a surpresa que recua e se depara com os braços da guardiã que a retém, forçando-a contra os flashes, enquanto sua figura se revolta em indignação e gritos que não se soubera capaz, a terrível Taleju, matadora de leões, vencedora de demônios, desfeita em pânico e choro para lutar contra o abraço da guardiã e os alfinetes que ferem seus olhos, e escapar correndo pelos corredores do palácio.

Não falta trabalho para os condutores de riquixá na cidade velha. Turistas, funcionários do governo e os shakyas são gente que prefere evitar os mototáxis e não disputam espaço com a multidão, com os vendedores que atulham as ruas, soldados, procissões, as bicicletas e os búfalos; são passageiros para aqueles fortes e atrevidos o suficiente para o serviço. As mudanças impostas pelo novo governo ditam o ritmo: é preciso trabalhar mais para as taxas e para a corrupção. Nos tempos em que o rei ainda possuía seus poderes, o ganho de um condutor era seu, ainda que houvesse os limites dos territórios, determinados pelas associações. Os estrangeiros vinham pelas paisagens, pelos templos, vinham para olhar e se admirar. A guerra e a incerteza afastaram muitos, mas os tempos não são tão ruins.

Biran sustenta, praticamente só, a mãe viúva e seus três irmãos mais jovens com as viagens de seu riquixá. Adquiriu e vendeu a motocicleta, dispendiosa e inútil nas ruas onde as pessoas cedem espaço para o apelo "Passagem!" dos condutores, mas se obstinam contra o ruído incômodo dos motores. O número do telefone celular para os porteiros dos hotéis de turistas e alpinistas, bilhetes nos restaurantes do Thamel, alguma fluência no inglês e no francês, por obra dos padres que tiveram que deixar o país: seus trunfos. O projeto: casamento. Dinheiro para casar-se com uma noiva sem dote.

A mãe dedicada ao enxoval da filha. Se os dois irmãos não ajudassem nas despesas, vendendo souvenirs na Praça Durbar, não haveria braços que fossem, pernas, turistas, os ricos. Mas Biran é o escolhido de um sonho e não há responsabilidade maior. Agora, seu empenho determinará o resultado desse pacto.

O sonho implanta-se na alma do escolhido, como um mal ou bem supremo. Biran não teve a chance de acreditar, como os homens santos e os iluminados, que a verdadeira felicidade consiste em esvaziar-se do desejo opressor, porque o sonho constituiu-se para ele aos dez anos de idade, quando a sabedoria ainda buscava caminhos para conduzir seus atos. Chamado à presença do pai, o que em geral acontecia para as advertências mais graves, sentiu o alívio mínimo ao não encontrar a vara nas mãos da severidade. Mas a aflição se refez quando recebeu a fotografia e a explicação: "Essa é sua noiva, Rashmila. A família é boa, o pai é vendedor, mas tive que negociar o dote. O casamento acontece daqui a dois meses. Sua mãe vai levar você ao alfaiate".

"Seu casamento". Homem casado... Na foto, uma menina, três ou quatro anos, desaparecida numa concha de tecidos coloridos, flor miúda, assustada. Talvez se o pai o espancasse com a vara ou gritasse.

"Não quero casar", disse. E então o ruído da mão contra o rosto, pela ousadia. Nem uma palavra desnecessária.

A foto, atirada para as galinhas, assim que deixou a casa, furioso pelas lágrimas que se permitira diante do pai. Mais tarde, recolhê-la, suja e molhada na chuva, para tentar compreender o que significaria aquele mistério que se preparava para pôr fim a sua infância.

Semanas após, o traje para a cerimônia já estava pronto e aprovado, tratava-se da festa, os parentes frequentavam a casa assiduamente. A mãe disse a Biran: "Rashmila foi ao palácio para a escolha da nova kumari. Seu pai vai desfazer o acordo". No dia seguinte, soube que não fora preciso, Taleju resolvera a questão: o Conselho havia reconhecido a deusa no corpo de sua pequena noiva, entre mais de cem aspirantes. O pai não mandou chamar Biran para informar que seu casamento não mais se realizaria. Talvez a mãe julgasse que ele necessitasse de consolo ao vê-lo fitando demoradamente a fotografia da noiva perdida. "A menina era a deusa, bem se via. Seu pai teve bom olho. Agora arranja outra noiva para você".

Biran mirava sua flor miúda e assustada, com o interesse renovado, buscando compreender a deusa que ninguém soubera ver antes de seu pai. Mas não haveria nova chance para testar esses dotes. Poucas semanas depois — talvez o pai já estivesse atento, buscando a aliança familiar ideal pelo casamento do filho — Biran despertou com os gritos da mãe pela casa ainda escura e soube que a tragédia o elevava à condição de chefe da família.

Desde então, um tempo novo. Nada mais se disse acerca da escolha tão precisa e, antes, tão aziaga. O casamento de Biran tornou-se assunto proibido. Os humores de Taleju provavelmente não se comoveriam com a situação da família, privada de seu patriarca, o filho de dez anos forçado às tarefas pesadas de toda ordem para garantia dos irmãos mais novos e da mãe. Felizmente, os braços e pernas fortes para conduzir o riquixá.

Biran trazia consigo, protegida numa carteira descorada pelo suor diário, a foto da verdadeira Rashmila, sua esposa prometida, agora oculta sob a máscara, os trinta e dois atributos da perfeição. Sua mãe, viúva, buscava consolo num rancor que mal se escondia sob o medo de desafiar Taleju. Ao encontrar a foto ainda em poder do filho revelara a particularidade que as tradições não escondiam, pois "um dia, essa será uma menina despojada pela deusa, largada como um saco vazio, velha para o casamento, amaldiçoada por ter abrigado um dia em seu corpo a encarnação da vingança. Ao fogo com isso, retrato da desgraça".

Mas Biran não atendeu à determinação da mãe.

Sajani recebe os visitantes todas as tardes, após a sesta. Pela primeira vez, Biran transporta um turista até a casa da ex-kumari de Bhaktapur, na periferia de Kathmandu. Deixando a zona dos hotéis, os prédios de três a quatro andares, as lojas de bugigangas, as calçadas gradativamente desaparecendo, o riquixá se afasta do centro da cidade em direção às colinas, ao norte, passando pelas ruas meladas com as águas sujas do degelo. A casa da ex--kumari destaca-se entre as habitações pobres no caminho para a estupa de Boudhanath. A construção imita os palacetes assobradados do centro da cidade e os detalhes carmim-dourados ornamentando a porta e as janelas anunciam o vínculo de sua ilustre moradora com a deusa. O jardim mal cuidado e um puído tapete vermelho recebem os visitantes. Na pequena varanda, um homem balança-se em uma cadeira suspensa e se levanta quando o riquixá estaciona diante da casa. Veste um traje indiano espalhafatoso, o ventre imenso, o sorriso que Biran reconhece: efêmero, dissimulado.

O condutor intermedeia o acerto: apenas uma foto permitida. O turista sueco deposita o dinheiro em uma caixa estendida pelo homem que se identifica como marido de Sajani. Biran quer entrar na companhia do turista e o homem pergunta-lhe se pode pagar. O condutor diz que o outro deseja fazer perguntas à mulher e que ele conhece o idioma. Discutem. O anfitrião concorda, contrariado, quando Biran afirma que dirá ao turista que está sendo enganado e que peça seu dinheiro de volta. Entram na casa. Na sala mal iluminada está Sajani, sentada no canto oposto à porta, numa poltrona recoberta de tecido vermelho, ladeada por duas estátuas assemelhadas a leões. Os visitantes sentam-se no chão, diante do trono improvisado. O marido apresenta ao turista a ex-kumari de Bhaktapur, abandonada pela deusa aos 13 anos incompletos por causa de um acidente provocado, com toda certeza, pelos aliados do demônio Mihashasura. Sajani permanece imóvel, olhos baixos, quando o marido toca a cicatriz em sua testa.

O turista dirige-se a Biran. Deseja saber quantos anos tem a ex-kumari.

"Quantos anos tinha quando foi reconhecida, irmãzinha?"

O marido repreende o intérprete, ameaça expulsá-lo se não se dirigir à kumari com o respeito devido.

Biran informa ao sueco, em seu inglês precário, que Sajani tem vinte anos de idade.

A ex-kumari é um ser humano oculto por um traje bordado de exageros, os cabelos tingidos, puxados para trás, o terceiro olho desenhado na testa com tinta amarela, que ameaça escorrer em direção aos olhos; seus leões de fantasia, seu trono de desconfortos, suas mãos torcendo-se sem descanso, os dedos tateando o mundo. Seu rosto esconde os atributos da deusa cavoucados pelo tempo, sob uma máscara de mal disfarçado desespero.

O sueco pede que Biran pergunte como é a vida no palácio. Quer saber como foi a experiência de, repentinamente, saber-se humana.

"Quantos anos tinha quando foi reconhecida, Divindade?"

"Cinco", diz a voz clara, num timbre que enche a sala com um coro de crianças apavoradas.

"Você se recorda, Divindade, de antes?"

Sajani perplexa: "Antes não era nada, ninguém, como agora."

O marido diz algo à mulher que Biran não compreende.

"Antes de ser reconhecida, Divindade, o que você era?", insiste.

"Que perguntas são essas, irmão?", interpõe-se o marido.

Biran dirige-se ao turista para dizer que a kumari não se recorda do tempo em que vivera no palácio porque lá vivia uma deusa. Ela podia apenas dizer sobre sua vida após os 13 anos. O sueco parece decepcionado. Quer saber se a deusa habita o corpo e depois o abandona, como um parasita.

"Divindade, o que a deusa lhe fez, que mal lhe causou?"

O marido irrita-se: "Não há mal algum, que mal pode haver? Diziam que a kumari é amaldiçoada, que aquele que a possui está condenado à morte. Pois eu não estou morto, ou estou? Ela me serve dia sim, dia não, temos três filhos. Onde está o mal? A pensão paga pelo governo permite viver melhor do que tantos que não encontram trabalho. Onde está a maldição?"

Sajani, os olhos fixos na substância invisível que não cessa de misturar com as mãos nervosas. Biran captura a insatisfação entre as palavras que o sueco resmunga e traduz fielmente as palavras do marido, que se põe em pé quando o turista começa a rir. Os homens, que não se entendem, tentam iniciar uma discussão. Biran retira do bolso e exibe a fotografia aos olhos da ex-kumari. Sajani observa por um instante e então diz que é a imagem de um fantasma.

Rashmila invisível, exilada na imaginação de Biran. O menino, que conduz seu riquixá pelas ruas de Kathmandu sabe que quando a deusa abandonar o corpo no qual existe e for reconhecida em outra menina altiva e serena, de olhos e cabelos escuros, voz marcante, pés delicados, pele muito branca, Rashmila será um ser humano. Talvez um ser humano doente, como Sajani. Talvez nasça, despojada dos anos durante os quais emprestou seu corpo à deusa, um casulo vazio. Mas, enfim, no palácio da kumari habita a reencarnação de Taleju, deusa-criança, ou sua noiva prisioneira?

Uma primeira vez, entre os visitantes, para ver a kumari real e levar-lhe uma oferenda. Sua boa sorte, seu desejo: o mal da deusa, o sangue, a fatalidade ou a doença, que trouxesse de volta sua noiva. Uma única vez para encontrar a criança da fotografia ladeada por leões, vestida e ornada com luxo para receber a pobreza. Levara o anel dourado, de pedra vermelha, furtado de um turista brasileiro. Na fila para a bênção, gente calada, respeitosa, confiante. Suas dádivas: estatuetas, lenços, tecidos, cestas cobertas, ocultando o mais precioso alimento, pequenos embrulhos nas mãos fechadas. Mas seu momento na sala escura, o ar carregado de incenso, bastara para a certeza de que a criatura sentada no trono era algo diverso de uma criança de seus cinco anos. Ajoelhara-se, mas repelira o gesto que a deusa dispensava a todos. Porque, naquele momento, confrontado com a presença indiferente da deusa, compreendeu a lembrança de Rashmila, a foto da menina que trazia consigo. Sua certeza fotografou a existência subjugada de sua prometida, que jazia oculta sob o olhar e gestos frios que todos buscavam para obter sabedoria, pequenos favores, conforto para suas vidas de tantos dissabores e raras alegrias. Rashmila existia. Por isso, jamais reverenciar aquela que ocultava a menina que já não deixava seu pensamento, jamais beijar os pés da deusa, jamais temê-la.

No instante em que estivera diante do trono de Taleju, Biran sentira os olhos vazios da deusa, perdidos numa dimensão incompreensível, onde se decidem os destinos dos homens. Soube então que Sajani estava enganada, que a foto não exibia a imagem de Taleju reencarnada, prestes a ser reconhecida, a deusa vingativa que punira seu pai por querê-la como esposa para seu filho. Deixara o palácio sem depositar sua oferenda, levando o anel para que abraçasse o dedo de sua criança libertada. Dali em diante, entoar dia a dia as fórmulas do seu desafio.

Contra os passos lentos do tempo, o cansaço, o suor das mãos, a imagem plastificada, inalterável. Mas Biran imagina a menina ausente, envelhecendo sob as vestes da deusa, até que chegue o momento de nascer outra vez, mais velha, imprestável para o mundo, quando então a deusa se renovará, apossando-se da vida de outra criança, como o parasita que o sueco enxergara. Contra os passos lentos do tempo, Biran conduz seu riquixá pelas ruas da cidade velha dia após dia, desafiando Taleju diante de seu palácio, desejando que o sangue venha. A espera custa cada minuto de seu pensamento encarcerado, enquanto esses minutos consomem Rashmila prisioneira. Não há o que digam os parentes, as amigas da mãe contra o rancor, esse aliado de Biran que não se dissolve no tempo. A ideia de casamento permanece suspensa, inesquecível.

Biran recolhe seus estrangeiros diante dos hotéis cinco estrelas em Lazimpat, nos bares repletos de alpinistas no Thamel. Seu inglês precário é distinção para conquistar passageiros, gorjetas, favores. Seus clientes não são os esportistas, mas aqueles que buscam observar de longe as encostas do Himalaia e preferem visitar as estupas, a Durbar Square, praça repleta de templos, fotografar os músicos místicos, os sadhus contorcendo-se e encantando as pítons, fazer compras de pashminas e tecidos indianos. Muitos desejam ver a kumari real, menina-deusa. O mundo as conhece. Vários estrangeiros passam ao largo do Everest e vêm ao Nepal pelos templos, pelas kumari. A visita ao palácio da deusa é vetada aos estrangeiros pela lei, mas essa impossibilidade é contornada uma vez ao mês, quando então são conduzidos ao pátio interno, onde a visão da deusa é permitida durante um instante, mediante uma oferta em dinheiro ao guardião. Biran mantém seu riquixá à disposição para tais visitas.

Durante anos, a espera alimentada pela contemplação da imagem plastificada de sua noiva prisioneira e pelos segundos em que a deusa se apresenta aos estrangeiros no pátio interno do palácio. Misturado à babel sob a sacada onde Taleju surge por alguns segundos, Biran seguira lançando seu desafio silencioso, contemplando a fonte de seu rancor e de sua espera brotando de uma mesma figura. O toque do címbalo anunciando a abertura da porta-balcão, deixando visível a kumari, imponente como Biran a vira na sala do trono. Apenas alguns poucos momentos e a porta novamente fechada, para revolta dos turistas inconformados.

Mas então, um dia a mais para contemplar a odiada figura, uns segundos de rancor e depois se retirar, carregando passageiros. E, pela primeira vez, seu olhar duro havia encontrado uma criatura inesperada, cujo olhar riscara o pátio, percorrendo a multidão que acenava, e encontrara o seu, no exato instante em que a porta se fechara, interrompendo uma impressão nova e indefinida. O que havia acabado de ver não era a mesma expressão arrogante, mas um olhar direto, que o enchera de receios. Nos dias que se seguiram à experiência, Biran permanecera fechado em casa, doente, à espera da desgraça. Taleju enfim enviaria sua ira para lavar a afronta repetida diariamente diante de seu palácio, cobrar a oferenda negada, vingar-se. Temera pela mãe, que nunca se cansara de maldizer a deusa, temera pelos irmãos inocentes e temera por si e por Rashmila prisioneira, a deusa furiosa destruindo para sempre as chances de se reencontrarem, magoando a menina ou causando a ele um mal irreparável.

Os dias haviam transcorrido, distendendo a corda tesa que sustentava a seta vingadora de Taleju. Biran gradativamente se dera conta de que o olhar que a criatura na sacada do palácio lhe dirigira não parecia tingido com as cores do ódio e do desafio. Assim, um Biran convalescente voltara às ruas com seu riquixá, ainda receoso de que um castigo súbito o fulminasse.

Então, outra vez levara os turistas para o encontro com a kumari. Sua ansiedade era a de réu à espera do castigo. O címbalo, o movimento interminável da porta e, então, outra vez a figura na sacada por um instante todo, transcorrido no curso do olhar que percorrera a multidão sem vê-la e encerrara seu trajeto pousando sobre a figura de Biran, exibindo uma expressão de inegável melancolia.

A partir daí, foram-se os receios. Mensalmente, o ritual no pátio atulhado de vozes confusas, a ansiedade frustrada, as queixas, um instante que se distendia até ocupar o espaço de anos de espera. O guardião recebendo Biran com deferência por sua assiduidade, trazendo os turistas para que contribuíssem com suas ofertas para os cofres do palácio. Cerrado o portão, o toque do címbalo e então a deusa na sacada, voltada para o canto do pátio onde se posta a figura de Biran, dirigindo-lhe o olhar inquestionável, franco, mas que ele jamais é capaz de decifrar com segurança. Melancolia e tristeza, curiosidade, questões mudas sem resposta, mas jamais indiferença. Os anos seguidos no diálogo solitário, acompanhando as mudanças físicas que a figura na sacada revela lentamente, fotografia mutante na convivência negada.

Entretanto, ano após ano, é sempre a deusa que visita seu sono, como ave suspensa no céu, os múltiplos braços abertos, pausa acorrentada no ar parado. Embaixo, no solo cru, marcha o enxame de gente ignorando a presença aziaga abraçando o mundo. No rastro lento da sombra, o mundo seca, o verde adormece como no inverno, o sol e a luz desviam seus olhos, abandonando ali as criaturas numa imensidão escura e fria, condenadas a vagar em sofrimento e angústia. Ao redor da substância negra prolifera a vida num enxame iluminado.

Enfim, Biran ocupando mais uma vez seu posto no pátio repleto de turistas, que mostra movimentação incomum, a fila imensa à entrada. A deusa se atrasa. O guardião ausente, um ajudante recolhendo os donativos. Os turistas não param de chegar, animados, com seus chapéus incríveis, suas roupas inadequadas, suas máquinas fotográficas negras e prateadas, proibidas ali. Passa o tempo e o pátio torna-se um aglomerado compacto. Soa o címbalo e Biran desesperado, oculto pelos corpos, pelas mãos que se alvoroçam, alçando suas máquinas, estica-se para ocupar a posição de costume. E então, logo que o condutor vislumbra os olhos que o miram diretamente, por entre os braços erguidos, o mundo explode num sem número de flashes histéricos, a figura da deusa debatendo-se, aprisionada de surpresa.

Os flashes repetindo-se, clareando a tarde no pátio e Biran vê na sacada do palácio os olhos perdidos de uma menina que luta contra algo que a retém diante da orgia das máquinas fotográficas. E não são olhos novos. Enfim, são os olhos reconhecidos, os olhos capturados na foto que carrega consigo, os mesmos olhos de espanto. Durante os segundos em que a menina luta para se livrar e desaparecer pela porta, sob os apupos da plateia, o condutor de riquixá vê os olhos de Rashmila, sua noiva salva do castigo, libertada pelas câmeras.

O ar do palácio, viciado no silêncio, reverbera com os gritos de Rashmila. Essa voz, espanto de se ouvir, ave que subitamente alçasse voo sem a percepção exata do espaço, das distâncias, obstáculos, debatendo-se, apavorada. Ignorando o tumulto, o som nítido do címbalo, que segue ordenando as horas, esbate-se de encontro aos cortinados, tapeçarias pesadas. O odor de parafina e incenso parece bafejado por brisa áspera, emudece o rumor onipresente das vozes dos monges. Rashmila, habituada à vontade pronta, manifestada antes da própria elaboração, desacostumou-se às palavras, feitas repentinamente necessárias pelo peso de um sentimento novo: um querer não atendido, debatendo-se contra o certo, o que sempre fora e assim deveria. Rashmila subitamente cega por essa luz explodindo perante seus olhos viciados na quietude, um turbilhão percorrendo o corpo, reagindo à pressão dos braços contra o seu desejo, ao insulto dos flashes proibidos ferindo-a como facas insolentes. O rumor do pátio reflui como onda que se quebra. Resta uma consciência física insuportável, o odor do suor sob os braços, as lágrimas proibidas, impossíveis de conter, a voz, que se conhece límpida, gritando engasgada diante da figura aflita da guardiã:

"O que foi isso, Matari? O que você fez?"

O mundo parece revelar uma face perturbadora.

"Um castigo, um castigo horrível, Matari. Você então não tem medo de um castigo pelo que acabou de fazer?!"

A guardiã prostrada, o rosto oculto nas mãos: "Perdão, Divindade, perdão!".

A voz se dissolve no tumulto novo que invade o palácio e quebra o silêncio urdido pela penumbra, pelas velas, pelos mantras sussurrados. Gritar é um imperativo, uma dor descontrolada.

"Quero que você me diga o que foi isso, Matari!"

"Perdão, Divindade. O guardião, Divindade, ele sabe. Perdão..."

"Eu vi o guardião no pátio, Matari, com os estrangeiros e suas máquinas que vão me roubar a alegria e a força. Quero que você diga o que é isso, Matari!"

"O guardião, Divindade, ele sabe."

"Quero saber, Matari!"

Aos dois sacerdotes estáticos à entrada do aposento: "Tragam aqui o guardião!"

Mas este surge, por entre as reverências dos sacerdotes, despedindo-os para entrar no aposento sem se curvar, fechando a porta atrás de si.

"Gopal, quero saber. Tenho castigos para todos, para cada um. Quero saber!"

A guardiã continua imóvel, agora com o rosto contra o chão. O guardião aproxima-se e atira aos pés da menina-deusa alguns pedaços de tecido que esta imediatamente reconhece. Então, seus gestos emudecem, sua voz se cala. O vozerio no pátio decresce.

"Fique em pé, mulher".

A guardiã obedece ao marido. Rashmila sente o corpo retesando-se, as pernas fraquejarem.

"Matari é estúpida, menina, mas eu não. Estão aí os trapos que você usou entre as pernas para esconder o seu sangue. Devia ter queimado, mandado enterrar. Desde quando a deusa não está mais com você?"

Rashmila não sabe o que responder. O sangue grosso, escorrendo por suas pernas, fora súbito. A deusa não sangra, ela sabe. O que ela é, então?

"Desde quando você abençoa as pessoas que vêm ao Bahal, fingindo que a deusa ainda habita em você?"

Há o antes e o depois do sangue. Antes, o cosmo perfeito, como lhe dissera o monge mestre, encarregado de relembrá-la das leis do universo. Seu desejo era silêncio, seu mundo simples, contra o caos. Nos dias do festival, a adoração subia das ruas, descia das janelas mais altas para envolver seu corpo numa onda de calor, o prazer intenso que não podia demonstrar. Assim como as sensações, lugar vazio da lembrança, mal ocupado por pessoas, vozes, odores e trechos de acontecimentos passados em cenários semiesquecidos. Sem lágrimas ou júbilo, sem dores, a sensação de estar viva dissolvendo-se na sucessão dos dias. A guardiã, ocupada com vestes e bálsamos e ornamentos, repetindo seguidas vezes: "Sente-se bem, Divindade?" Sangrar por uns poucos dias, até que a ferida estancasse.

"O rei Gyanendra, menina, você abençoou o rei no trono de Taleju. Sofrerá por isso, assim como eu, como Matari, que temeu revelar sua farsa. Que a deusa nos reserva seu castigo isso é certo. Então, podemos revelar ao Conselho que a deusa abandonou sua kumari e que outra deverá ser reconhecida. Você volta para a casa de onde veio, levando consigo uma moeda e um pedaço de pano vermelho, como ordena a lei. Nós somos destituídos da função de guardiões, porque o Conselho e a família da nova kumari terão novas preferências. Ou podemos guardar segredo, mantendo você aqui por mais um tempo, até que possamos voltar para o mundo um pouco menos miseráveis. O que você decide, menina?"

Biran sente que o tempo desacelera. Observa as pessoas caminhando, os animais amuados, o céu moroso e cansado. Os anos de espera desaparecem, como nas memórias mais remotas, e os dias deitam-se sonolentos, anestesiados. A alegria súbita de certezas novas não é capaz de contaminar a disposição das coisas e emperra em suspensão aflita. O riquixá circula pouco, estacionado a maior parte do dia diante do palácio da kumari, aguardando as notícias.

Biran não viu a figura apavorada de Rashmila saindo pelos fundos do palácio, escoltada pelo pai, que viera buscá-la assim que o guardião comunicara ao Conselho que a deusa deixara a menina e que era preciso escolher sua sucessora. Quando os jornais e alto-falantes pela cidade anunciam que se busca a nova kumari, Biran sente o dique se rompendo, o tempo represado jorrando outra vez. Agora, sua noiva virá ao seu encontro, depois de anos sob o jugo da deusa. A fotografia maltratada por descuido e não pelos anos de prisão nos bolsos da espera. Sorri ao pensar nos turistas enganados, levando do Nepal imagens de sua noiva, pagas como se fossem de uma deusa.

A família de Rashmila mora numa rua tranquila, a casa confortável defronte de um templo budista. A residência de tijolos representa a prosperidade adquirida graças à kumari, tantos que creem na influência dos parentes junto à menina-deusa. Dez anos recebendo os respeitos, favores e donativos dos vizinhos em troca das intercessões, ou apenas como meros agrados que os humildes dispensam aos iguais que ascendem a posições vantajosas. Agora a menina está de volta a um convívio que não reconhece, a boa sorte da família interrompida por sua presença. Não há mais porque agradar os parentes de uma ex-deusa, havendo outra em seu lugar. Pratap, sua habilidade para tirar proveito da divindade da filha, busca fazer da presença incômoda um acordo vantajoso. Administrar a pensão para uma ex-deusa, fornecida pelo Estado até que a menina se case, contra a possibilidade de um casamento sem preocupação com o dote.

A beleza impressionante de Rashmila oculta-se num quarto próprio, escurecido por cortinas pesadas, privilégio imenso na família numerosa. A medida é provisória, fruto do estranhamento entre a recém-chegada e os irmãos, os pais praticamente desconhecidos. Mais ainda, a aversão à luz do sol, à multidão dos curiosos que desejam ver e tocar a pele que já foi morada da poderosa Taleju dos dez braços. Para a menina, o mundo em desordem. Agora, a necessidade de se dirigir às pessoas, sua vontade indefesa, seus desejos descumpridos, seus pés inábeis para o chão áspero, seus olhos incapazes para a compreensão do movimento de gentes, a polifonia de tantos ruídos estilhaçando sua atenção desesperada. Daí, esconder-se como um bicho acuado, lutando para compreender por que motivo o sangue representou tamanho castigo.

Os tempos mudam. Hoje, a televisão está presente na maioria das casas em Kathmandu e nas grandes cidades, como Patan e Bhaktapur. Muitos estrangeiros vêm ao país, trazendo conhecimento, olhares outros, que os nepaleses jamais tivemos. Sabe-se agora que o mundo é mais vasto e complexo que o espaço estreito entre as encostas do Himalaia e as planícies do Terai. Por isso, Pratap sabe que o atrativo representado pela pensão do governo é capaz de superar reticências, como a antiga crença de que o sexo com uma kumari abrevia a vida e que o casamento com uma ex-deusa traz má sorte. Imagina que é preciso ponderar antes de entregar Rashmila ao primeiro pretendente que surgir diante de sua porta, ainda que seja o filho de Narendra, seu velho amigo, um rapaz obcecado por um contrato de casamento que não pôde ser cumprido e que agora deseja reivindicar.

"Mãe."

"O riquixá tem rodado pouco. Seus irmãos têm trabalhado mais."

"Não é tempo dos alpinistas, mãe. Turismo fraco."

"Estacionado diante do Bahal, rondando a casa de Pratap é onde tem estado o riquixá. A maldita cuspiu o bagaço e procura outras vítimas para devorar."

"Não fale assim, mãe. Rashmila voltou."

"Rashmila? Quem é essa, menino? O que existe é uma carcaça que Taleju pôs fora. Você bem sabe o que ela é."

"Queria sua permissão..."

"Não! Não me peça, não me diga! Não pense que não tenho visto você atrás dessa menina morta, salivando como um tigre novo sobre a carne podre. Vi você alisando essa fotografia amaldiçoada, sonhando semana a semana, mês, ano, e eu tenho esperado esse dia, quando a carniça fosse jogada de volta à casa de onde saiu e você estivesse lá para recolher."

"Rashmila agora está livre."

"Você já viu as cascas vazias que são as ex-kumaris, menino. E por que você acha que é assim? A crueldade habitou esses corpos, envenenou-os para sempre. Nada de bom pode existir neles."

"É minha noiva, mãe, aquela que meu pai escolheu."

"E morreu por isso. A maldita matou seu pai e vai matar você."

"Tenho que ir ver Pratap, mãe. O acordo tem que ser honrado."

"Então vá, infeliz. Mas não pense em trazer essa criatura aqui, nem fale o nome dela outra vez nesta casa."

"Mãe."

"Você já tem minha palavra sobre isso, menino."

Rashmila usa os cabelos presos no alto da cabeça como se não houvesse outro modo, como se nascidos assim, conformados para o alto, moldando seu pescoço longo para mostrar-se. Mas esse arranjo exige da mãe os demorados cuidados e lhe cabe estar sentada, quieta, enquanto sussurram o pente de osso e as palavras aos seus ouvidos.

O mundo é um objeto novo. Antes imóvel, o mundo exige movimento para existir; cada movimento, por sua vez, exige que a imagem dele se molde antes, no vazio. A origem do que sabe não está clara. Nada do que pensa faz sentido num mundo móvel, onde é preciso dizer, querer, dar resposta ao que caminha e deixa um rastro incompreensível. Esse rastro a preencher com a massa de seu desejo, com um ímpeto que ela desconhece, é matéria do medo, sentimento reconhecível — uma vez nomeado — e que determina sua relação mais intensa com a vida.

E nomeados vão sendo os objetos que coabitam com esse medo: a vergonha — negação de seus atos, suas poucas palavras e sua presença no espaço compartilhado —, a dor — antes, a vaga lembrança de aflições miúdas, e agora expandida, contaminando todo o conhecido —, o tempo — convertido de luz e sombra para uma gama de experiências complexas. Nomes, nomes demais para tudo.

Pratap é o pai, que diz as coisas para o maior desagrado, como "casamento", que Sarmila, a mãe, explica. Diz ainda "dinheiro", que há que se explicar, e diz as palavras de aspereza que dificultam toda a compreensão e produzem o silêncio negro que não se desfaz por um longo tempo. Agregam-se a irmã, que circula sem tréguas ao redor da novidade, e dois irmãos mais novos que dizem coisas que ela não imagina o que sejam. Outras duas irmãs mais velhas já deixaram a casa, a bordo de casamentos, e visitam a residência paterna, com crianças e maridos para estar com a recém-chegada, perguntar-lhe tudo o que fica sem resposta. Os homens são distantes, seus olhares traduzem um incômodo. As crianças são curiosas, mantidas à parte, por comodidade. Sarmila é a guardiã. Ajuda a preencher o vazio, nomeando e traduzindo o mundo.

Mas Sarmila também quer entender o que Rashmila não sabe.

"Conte, filhinha, o que você fazia entre as visitas, os banhos e os perfumes, pentear-se, comer. Quando não havia nada assim, filhinha, o que você fazia?"

No palácio havia uma deusa poderosa, terrível, que comandava todos ao seu redor: religiosos, soldados, guardiões, trabalhadores. E dali comandava a cidade, o mundo. Durante muito tempo foi assim, pelo que sabe. De si mesma, não compreende por que é preciso olhar para um lugar que não mais existe, coisas que estão feitas e não se pode mudar. Esse lugar feito de uma porção plasmada de tempo, como uma gravura pregada numa parede, mistura sons diversos, vozes, toda a percepção em tons atenuados, os dias diluídos numa atmosfera de segredo. Esse lugar é um oco irreal, sem um fundo que se veja, o acesso bloqueado pela confusão ou por um desinteresse que cresce à medida que avança a compreensão dos mecanismos que comandam a vida do lado de fora. Lá era sempre, era tudo. O que havia além de tudo senão uns poucos momentos de confusão, o desfile das gentes, um mergulho que durava um susto, até que a profusão de ruídos e movimentos se desfizesse e fosse possível estar no palácio que carregava dentro de si? Os acontecimentos tombavam sobre os dias como enormes e lentos animais.

Às vezes, vagas sensações na consciência porosa e sonolenta: os pés num macio vivo, o corpo caminhando sob sombras móveis, imagens manchadas de luz, o calor tocando a pele; a água da chuva, odores da matéria inominada; um cântico em que as vozes repentinamente se destacam sob a atenção, individuadas em timbres próprios e encadeando-se numa trança múltipla, confortável. Essas impressões não se localizam em espaço próprio. Impossíveis de evocar, despertam independentes do desejo e este, inútil, se desfaz numa espécie de tristeza, palavra aprendida há pouco, mas que parece traduzir toda a explicação de mundo não abrangida pelo medo.

E nesse espaço vago, foco do interesse da mãe, das irmãs, de todos, tempo sem tempo, flutua uma ilha, um refúgio que pouco a pouco se contamina e vai se desfazendo. A pele fina dos pés desacostumados arranhada na aspereza do chão seco; a chuva pesada, resfriando, penetrando os ossos do desconforto. Contra o mel dos odores guardados nos frascos secretos de lembranças se insurge um odor real, de riachos escuros; no abraço dos sons macios de um cenário de sonho infiltra-se o idioma do mundo, animais ásperos, gritos, buzinas, música estridente, um peso que se despeja, soterra, alarma, destrói.

"Conte, filhinha, o que você fazia?"

Biran aguarda, mas os lábios de Rashmila não se movem, somente suas mãos, torcidas nervosamente. Estão sentados no pequeno terreiro, atrás da casa, um diante do outro, com a permissão de Pratap. O anel dourado, de pedra vermelha, folgado para os dedos finos da menina.

"... carreguei você comigo, olhei para você todos os dias."

A sensação de estar sentada no alto, em uma cadeira que oscila de um lado a outro, num ritmo lento. Olhar para baixo e se perceber sobre um elefante que caminha no leito de um riacho, seus passos o som da água pisada, a enorme cabeça, a tromba que se ergue e se abaixa como criatura independente. Mas a presença mais nítida é dos braços ao redor de si, amparando-a, enquanto o elefante avança calmamente, trazendo a certeza de achar-se protegida de todo o mal por algo ou alguém que não pode ver.

"Lembrei seu pai de que fez um acordo com o meu antes de você ser prisioneira da deusa."

("Minha filha voltou há poucos dias e eu já recebi duas boas propostas para casá-la. O acordo que fiz com seu pai perdeu o efeito no dia em que a menina foi reconhecida. Soube que ele ficou contrariado quando ela foi ao palácio participar da escolha, disse que eu estava faltando com a palavra.")

E, à medida que o animal caminha, o balanço é como um acalanto, os braços ao redor do corpo, a segurança, o ar fresco contra o rosto que observa o riacho enveredando pela floresta de luz filtrada e espargida como a água que espirra a cada passada.

"... a pensão do governo, o seu dote, esses acertos não me interessam."

("Casamento sem dote. Os vizinhos vão dizer que sou mesquinho, que retive a pensão da kumari para mim e empurrei minha filha para um condutor de riquixá obcecado. Sua mãe andou dizendo que a deusa matou seu pai.")

As árvores às margens do riacho tombam seus galhos mais altos sobre as águas, formando um túnel que o elefante atravessa, sereno. O odor que se sente é o de um perfume reconhecido, exalado pelo abraço que envolve seu corpo de criança, os pequenos ombros acariciados por dedos longos, de longas unhas cuidadas; a cabeça apoiada exatamente no vale entre uns seios, de forma que movê-la lateralmente é observar a paisagem limitada pela curva do tecido fino.

Mas, então, a pressão em seu braço, uns olhos fixos e a voz carregada de ansiedade.

"Você compreende o que estou dizendo, Rashmila?"

O elefante para. O riacho visto do alto parece mais distante.

"Somos noivos. Nem a senhora Taleju..."

Uma sensação indefinida insinua-se. O animal pressente e a transmite por seu corpo tenso, de modo que a cesta que carrega a passageira recebe o tremor provocado pela contração de seus músculos. Agora é uma espera. Os ouvidos atentos aos sons da floresta, às mínimas mudanças na luz, a um movimento qualquer. O elefante permanece parado, estátua enorme, plantada no centro do riacho. A água rumoreja contra as patas colunas, a tromba imóvel. E o próprio abraço parece contaminado, retendo o corpo de um modo que é atenção pura.

"... sou o cetro de minha casa, trabalho duro..."

O animal parece ensaiar passos cautelosos. A cadeira oscila. Os braços cingem com força. Um vento mais forte agita os arbustos, os olhos das flores, o ranger das árvores ao lado do curso do riacho.

"... meu riquixá transporta os estrangeiros. Compreendo o inglês e o francês..."

E a tensão não se desfaz. O ar se adensa, a luz cai dura sobre o curso d'água.

"... nosso acordo rompido..."

("Sem motivo! Sem motivo, ele diz! Minha filha foi a kumari real durante dez anos e você acha que isso não é motivo para mudar um acordo celebrado, ainda mais com alguém que desencarnou há tanto tempo.")

"... a sua vontade e não a de seu pai. Você é uma ex-kumari..."

A vegetação parece constituir uma barreira atrás da qual algo se oculta. O elefante atento a algo desconhecido, cuja presença se adivinha num perturbador agitar de galhos. O trajeto à frente agora se abre inquieto, um incômodo novo, anunciado pelos braços das árvores e arbustos. Como instigar o elefante, como fazê-lo prosseguir? Cresce a expectativa de um movimento brusco, de um grito, de que algo se parta, a água ansiosa, o receio de voltar-se contra o desconfortável abraço, duas hastes cruzadas, rígidas.

"... esperando por você, livre..."

("Você é alma boa, cetro da sua casa. Vou pensar nas propostas por uns dias, ver o que é melhor para ela. Você pode conversar...")

"Por que você não diz nada?"

Rashmila observa Biran do alto do elefante petrificado, não pode descer. Não pode livrar-se dos braços de pedra, impedindo que se volte para encarar essa ameaça que chega das margens, às suas costas com um ruído desconhecido. Escurece.

"O que tenho que dizer?"

Suas palavras são essa voz estranha, a necessidade de dar impulso ao que já não se move por si mesmo.

E Biran se agarra ao som da voz da menina como à espera de dias e meses e anos, essa promessa cumprida quando Rashmila procurou o socorro de seu olhar, sua humanidade devolvida à luz dos flashes.

"No pátio do Bahal nos falamos com os olhos por todos esses anos. Quando você me buscou, em meio à fúria dos estrangeiros pelas fotos proibidas, soube que tinha voltado e que nosso destino seria cumprido. Que deusa alguma possa mais que a afeição, nascida a partir de um acerto entre dois homens bons."

Rashmila olha o caminho adiante, agora com a esperança de alívio. Seu corpo é prisioneiro de uma armadura rígida. O riacho corre, ruidoso, transformado em curso de água turva. O elefante é uma enorme rocha morta.

"Sei que você falava comigo. Diga as coisas que você dizia, olhando para mim."

A fala de Biran é um idioma insistente.

"Diga..."

Tudo desfeito: a paisagem, sensações desaparecidas, um abraço mudado em pedra, um silêncio negro.

"Rashmila..."

"O que você quer de mim?"

A voz do seu maior esforço. Rashmila está em pé, desejando que aquilo termine, que seja possível retornar aos seus lugares de paz e esquecimento.

"Você se lembra."

"Um tapete verde, árvores grandes, barulhos todos ao mesmo tempo, mas num tecido leve; um gosto que nunca mais vi, de um calor macio, penugem na pele, as coisas se movendo em prateleiras de um móvel complicado, altíssimo, de onde descem folhas, surpresas; um desejo de rir de tudo, em silêncio; pessoas com um olhar que resolvia tudo; um rio, um elefante, palavras que precisava dizer, mas esqueci."

"Rashmila…"

"Agora, umas palavras que preciso dizer e não sei, o mundo correndo e, se me movo, as coisas passam e ferem."

"Eu sei que você se lembra…"

"Não sei lembrar mais. Todo mundo deseja que eu me lembre e eu não sei. Queria que você fosse embora e me deixasse quieta."

O anel, girado no dedo, solta a pedra vermelha que cai e rola na poeira.

"Vá embora!"

Kathmandu já tem sua nova kumari, poucas semanas após Rashmila ter deixado o palácio. Nadi, menina de três anos e meio de idade, olhos e cabelos negros, beleza irretocável, altiva, serena, que venceu com segurança as provas que atestaram ser ela a reencarnação da terrível Grande Mãe Taleju dos dez braços. O cortejo conduzindo a nova kumari até a Durbar Square partiu do exótico sankhu, templo construído em árvore, na periferia de Kathmandu, através das principais avenidas da capital. Uma banda de música, comitiva formada pelos comandantes militares, pelos dignitários da cidade e pelo rei-fantoche Gyanendra, com sua corte; atrás, monges e sacerdotes, entoando mantras, e a multidão atirando punhados de flores em louvor à menina-deusa. Nadi é conduzida no palanque, já envergando as cores carmim e dourado da deusa, impassível em seu trono ladeado por leões.

A cerimônia de entronização recebe a tolerância do governo maoísta. Diante da Kumari Bahal, protegidos por um cordão de policiais que isola a multidão, os novos guardiões e um exótico grupo, formado por ex-kumaris, aguarda a chegada da menina Nadi. Ali está Sajani, ex-kumari de Bhaktapur, Antia, atual kumari de Patan, autorizada pelos sacerdotes a deixar o palácio da vizinha cidade especialmente para a ocasião. Shreeya usa óculos de sol mesmo com o tempo nublado, seus olhos sensíveis não suportam a luz. Hersha é expansiva em exagero e frequentemente tem que ser admoestada para que se comporte segundo a ocasião exige. Bayara e Gimire vivem reclusas em suas casas e foi preciso forçá-las a comparecer. Matiriani ostenta uma obesidade impressionante, mas seu rosto conserva os belos traços. Keshab torce as mãos compulsivamente, como outras. Tentou o suicídio por duas vezes. Muitas tentaram com sucesso. Rashmila, belíssima, olha fixamente para o vazio.

Mas grande parte da multidão que se aglomera na Durbar Square ali está por outro motivo que a chegada de Nadi ao palácio, onde viverá até que exiba qualquer sinal de sua humanidade: saudar Jarawina, a "velha kumari". Para milhares de devotos, Jarawina é Taleju, com todos os seus atributos. Acreditam que ficará sobre a terra para sempre, e que um dia não mais envelhecerá, o tempo deixando de esculpir os traços de terrível serenidade em seu rosto, para o respeito e o temor. Jarawina, ao contrário de todas as demais ex-kumaris, jamais exibiu qualquer sinal que indicasse que a deusa deixara seu corpo para habitar o de outra menina de olhos e cabelos negros. Jamais sangrou, jamais caiu doente ou feriu-se e sempre se manteve altiva e concentrada em qualquer ocasião. Acredita-se que sua voz impressionante seja capaz de trazer sorte a quem tem o privilégio de ouvi-la. Atribui-se também a ela o poder de curar doenças graves, resolver favoravelmente questões de dinheiro, trazer prosperidade, afetos arredios, recuperar objetos perdidos.

Jarawina foi destituída como kumari real ao completar vinte anos. Uma mensagem da própria deusa teria orientado os sacerdotes a proceder dessa forma. Divulgou-se uma versão segundo a qual a kumari padeceria de mal grave e incurável, mas a devoção à velha kumari alastrou-se com o passar do tempo. Hoje, vive na antiga cidade de Dhulikhel, distante de Kathmandu, numa casa confortável, cedida pelo governo. Ainda recebe seus devotos, mas a crença em seu poder também fortaleceu a fé nas kumaris de Kathmandu, por comodidade.

Jarawina aguarda a chegada de Nadi ao lado das demais ex-kumaris, a multidão gritando seu nome, atirando flores aos seus pés impassíveis, sua altivez, sua indiferença, seus olhos postos no alto. A polícia tem dificuldades para conter a euforia. Por vezes, é preciso exceder-se em violência. Mas, no caso de Biran, que conseguiu forçar passagem pelo cordão policial, provocando grande tumulto, fora a polícia a salvá-lo do linchamento iminente, quando a população revoltada o espancara impiedosamente. O condutor de riquixá avançara aos gritos contra a velha kumari, que sequer o olhara, mesmo quando ele estivera poucos passos a sua frente, proferindo ofensas, desafiando a deusa a castigá-lo. Antes de ser contido, abraçara a apavorada Rashmila, afirmando que a amava e que a levaria consigo.

A nova kumari, enfim, é homenageada diante do templo Taleju Mandir, consagrado à deusa, e recebida no palácio por suas antecessoras. A eloquente Hersha cerca a pequena Nadi de atenções e instruções. A enorme Matiriani chora, desolada pelo destino da menina. Algumas outras a olham, fascinadas. A pequena Antia aparentemente não compreende o que se passa. Rashmila, indiferente. A velha kumari, altiva, linda, a imagem da deusa madura, a têmpora manchada por um filete da tintura que escorre de seus cabelos.

Se Rashmila houvesse renascido quando seu corpo já vivera por dez anos habitado pela deusa, sua nova vida se resumiria a essas poucas semanas que separam um instante de sangue, dúvidas, luzes e alvoroço até o presente, em que permanece sentada no terreiro, aguardando que os acontecimentos sigam seu curso, como sempre. Ao contrário, se sua vida foi truncada pela fatalidade aos quatro anos de idade, então a foto que se desfaz no bolso de Biran exibe o momento em que foi feita prisioneira e é um trunfo por seu resgate.

Biran vem frequentemente à casa da ex-deusa e permanece parado do outro lado da cerca, desfiando seus planos para o futuro por horas a fio. Precisam se casar depressa, já que ambos são velhos para tanto. Após o casamento, irão viver ao sul, longe do frio, longe de Kathmandu, de sacrifícios inúteis à vaidade de deusas velhas e jovens. Antes, visitar a Stupa Swayambhunath e submeter-se ao olhar do Buda, banhar-se no lago sagrado de Gosainkunda, em busca de purificação. Um filho ou dois, não mais, enviados a estudar na Índia, ou na Europa. Seu riquixá, ligeiro para sustentar a família. A casa...

Rashmila olha para o nada, ouvindo-o em silêncio, mesmo quando ele pergunta quando poderá dar início às providências do casamento ou quando poderá voltar a falar com seu pai. Este declarou que o condutor de riquixá já não é bem-vindo e que não deseja tê-lo como genro. Sabe-se que Biran deu-se ao consumo exagerado do rakshi e frequentemente é visto embriagado, deitado nas ruas, murmurando vitupérios contra Taleju. Sabe-se também que o casamento da irmã foi desfeito. O noivo, receoso, cancelou o contrato poucos dias antes da cerimônia. O irmão mais novo jurou vingança e carrega consigo um punhal, alardeando que irá usá-lo no momento oportuno. A mãe deixou a casa, tomando destino ignorado.

Neste exato momento, Biran está diante da casa da ex-kumari. O portão já não se abre para ele. Traz a mão apertada no bolso, onde a foto de uma menina se desmancha. Rashmila está ricamente adornada. Senta-se do modo que sabe: ereta, na cadeira de braços, alta como um trono. Um à sua esquerda e outro à direita, dois cães mantêm as cabeças erguidas, farejando tudo. A chuva que cai pesadamente é como uma saliva quente e viscosa que vem do céu, asa escura que recobre a cidade, o mundo. Biran permanece sob a torrente, falando e falando contra o ruído incessante da chuva, os olhos fixos na figura de mulher que irradia sua indiferente e terrível beleza.

O funcionamento das ampulhetas

Mesmo pelo lado de fora, com o sol batendo de frente nas sacadas vazias, parece haver um sinal do que se passa. Não há dúvida de que as velhas pastilhas que recobrem toda a fachada do prédio e as grades que cercam a varanda no térreo contribuem para um certo desconforto, um incômodo antigo. Atravessar distraidamente essas duas barreiras e penetrar na boca do edifício com o adjetivo "exótico" ou "antiquado" pendendo dos lábios é uma forma de encarar as coisas, mas há outras. O hall foi todo reformado, é verdade: ardósia para não escorregar, um lustre exagerado, pendendo do teto, um novo quadro de avisos, vidro blindado para a porta. É fato que a tinta já parece descascar próxima aos elevadores. Olhar para as pedras que formam o piso enquanto se atravessa o silencioso saguão é imaginar que foram escolhidas por sua idade, as mais velhas todas ali, contemporâneas de antigos cataclismos. Cata-se aqui e ali migalhas de eco, uma voz solta. Aventurar-se pelas escadas escuras que levam ao primeiro andar, entretanto, parece ser uma experiência por demais assustadora. Os olhos já adivinham uma curva na escuridão após o primeiro lance e sabe-se lá o que mais. Não... Preferível arriscar-se com o elevador. Abre-se a pesada porta e lá está o espelho, e não serão os mesmos olhos que fitam deste lado da lâmina de vidro aqueles que responderão como se fossem seu reflexo. Fechar-se à mercê desses olhos estranhos enquanto os dedos tateiam pelo painel gasto é imaginar-se mergulhando num poço sem fundo. As luzes piscam algumas vezes quando o elevador começa a se mover aos trancos. Uma eternidade depois, quando a porta se abrir num andar qualquer, o que será?

Os pais demoram-se a examinar a fachada do prédio, mas o menino adivinha novas possibilidades, com essa atenção às sutilezas que os adultos não sabem. Estão pensando em móveis e noites e na sacada e nos sofás grandes emperrados nas escadas e no elevador, nos vizinhos que serão barulhentos ou não, no que fazer com o pequeno, mas impossível cão branco no carpete do apartamento. Ele, o menino, ao contrário, repara nos danos ocultos sob a reforma, mas sua imaginação acredita no disfarce: o prédio oculta suas rugas, seus desastres, para iludir os prováveis moradores e — quem sabe? — o orgulho dos atuais. E prefere divertir-se assim, sem alertar os pais que desenham croquis no teto do carro, julgando — acertadamente — que somente ele foi capaz de perceber o que se passa. Que o prédio os engane, assim já estará estabelecido um primeiro e especial laço.

Não é simples iludir as crianças, mas há o modo certo de fazê-lo. Torná-las cúmplices do engodo, talvez; seduzi-las com um sorriso por uma fresta de cortina, atrás da qual se oculta muito mais. Quanto aos adultos, sempre distraídos, não há dificuldade alguma, principalmente porque os detalhes renovados — paredes pintadas, assoalho reformado, o cheiro do novo — irão encarregar-se de distrair seus sentidos que envelhecem. Não será o velho prédio, com os velhos apartamentos, a escada, mas o prédio e o apartamento reformados. O antigo estará sepultado sob uma camada de bom gosto e tintas. "Já não é um prédio novo", dirão os adultos tentando controlar seu entusiasmo. "O apartamento precisa ainda de uma coisinha aqui e outra ali, mas há a sacada", ou "Afinal, quanto iríamos pagar por um apartamento com esse conforto em um outro prédio?". E será, enfim, um lugar diferente, estarão se mudando e deixando uma casa e alguns problemas graves; estarão felizes e é o que basta, não? Bastará também para que o buraco escuro que é a entrada do edifício passe despercebido, disfarçado pela porta de vidro fumê, com a faixa amarela de segurança convenientemente pintada para que ninguém, distraído, resolva atravessar aquela última barreira sem os devidos cuidados.

No subsolo do edifício estão as garagens. Os portões permanecem fechados, imponentes sob a tinta brilhante. O menino está ali, passa os dedos pela camada lisa e percebe os sinais da ferrugem prestes a explodir, livre de novo. Através da grade, ao rés da rua, é possível observar o interior desse enorme porão. A luz fraquíssima permite ver pouco. O menino observa o boxe mais próximo, onde jaz um automóvel empoeirado: antes de espera, a impressão que se tem é de abandono. Aqui e ali, os vultos mal divisados de outros veículos parecem estar todos na mesma situação. Não se ouve um só ruído, ninguém. O menino pensa que talvez sejam apenas velhas carcaças sujas e vazias, imobilizadas pela ausência de seus motores, engessadas pelo pó, inválidas. Examina o portão trancado e decide subir a escada e usar a entrada principal.

Os pais conversam sem pressa. Já devem estar armados de justificativas contra um ou outro detalhe incômodo, "coisa pequena e sem importância". Houve a inexplicável ausência do porteiro na primeira vez, quando vieram para conhecer o apartamento; o silêncio, quebrado apenas por sons abafados, luvas nas paredes. Mas era tranquilidade o que desejavam, não? O apartamento amplo, uma torneira meio emperrada, o armário embutido em mogno com os puxadores quebrados, o pó por toda parte, "um pouco escuro, não?". De fato, mas era um dia nublado e os apartamentos nunca são tão claros quanto as casas, cabe acostumar-se. O menino já está no saguão, olhando por todos os lados, com sua curiosidade despreocupada. Os vasos cultivam plantas invisíveis. Lá está o quadro de avisos — o vidro limpo marcado pelo tempo. É impossível ler os nomes enfileirados na relação de moradores e mais alguns comunicados presos com percevejos sobre o feltro verde, com pequenas manchas que avançam dos cantos. E já não há mais o que ver ali. Chama o elevador, que responde com um som profundo, algo como um esforço bruto que fizesse para se pôr em movimento. Custa a chegar, e, enquanto isso, o menino aproxima-se da porta de entrada para observar os pais, que ainda estão lá, seus planos avançando no tempo esticado sobre o teto do carro. Parecem tão distantes. A brincadeira de explorar o prédio já não é tão divertida, mas a vantagem de perceber o que eles não foram ou serão capazes de enxergar ainda exerce seu fascínio. Agora é como se fosse uma discreta vingança, dessas pequenas raivas que os filhos costumam acumular contra os pais.

Chega o elevador, assustando o menino. Volta-se para o saguão novamente e percebe como o silêncio se instaura outra vez, à vontade. Já não tem a pressa de correr e conhecer os demais andares. Agora, o desgastado mas recém-envernizado corrimão que desaparece na escuridão na escada, a mesa e a cadeira reservadas ao porteiro ausente, esses pequenos disfarces possuem o triste ar de um engodo mal urdido e ele começa a achar que seus pais serão mesmo tolos se não forem capazes de perceber. Mas ele sabe, e é o que basta; ainda é uma brincadeira, de qualquer modo, mesmo que não tão divertida. É possível ouvir a água correndo com esforço pelos canos e o ruído de alguém que tosse em algum lugar, andares acima. Fecha-se uma porta, com cuidado.

O garoto já está mesmo resolvido a subir, mas quando abre a porta do elevador falta-lhe a coragem. A figura encurvada de uma mulher muito velha espia, com seus olhos envolvidos em névoas, um sorriso meio murcho pendendo da boca. Ele não sabe dizer o que o assusta nela, talvez a surpresa por encontrá-la silenciosamente à espera. Quando nota o pesado agasalho que ela usa é que se dá conta de que faz frio, e entra no elevador como se não houvesse nada mais a fazer. E ficam os dois imóveis, um diante de outro, ela quase sorrindo e ele desviando os olhos, inquieto, até que a mão trêmula surge das dobras da lã e aponta para o painel. Ele conta: são quatro dedos. O elevador move-se com um tranco, enquanto a velha assente devagar com a cabeça. Ele não consegue entender o porquê de o elevador mover-se tão lentamente, quase como se não o fizesse, mas por fim estanca e a porta interna se abre, arranhando os trilhos. A mulher passa por ele, que percebe a boneca de pano, esmagada pelo abraço trêmulo. Vem o mesmo odor que conhecia da casa de sua avó, um cheiro velho, de horas. Abre a porta mais por perceber que ela seria incapaz de fazê-lo que por qualquer intenção de ser gentil, e fica observando enquanto o vulto desaparece no corredor sem luz. Fecha-se a porta de aço, corre a porta interna. O menino enfim olha-se de frente no espelho, mas já o elevador começa a subir novamente, ainda que ele perca as forças para acionar os botões.

O casal entreolha-se ainda uma vez: estão de acordo, de acordo em tudo. Se a sua atenção esteve ocupada em determinar alguns acontecimentos que ainda estão por vir — seus planos — o menino esteve ausente durante esse pequeno intervalo e é impossível dizer com exatidão por quanto tempo. Os pais se dão conta com surpresa, mas o menino estará andando pelo prédio, que é seguro. Tranca-se o carro e a mãe pergunta se a criança saberá qual é o apartamento deles, mas não importa, não terá mesmo como entrar. O marido exibe a chave e lembra que não há campainha em nenhum dos apartamentos, coisa incomum, já que o edifício não é assim tão velho. Está tão bem cuidado. Antes de atravessarem a rua permanecem ainda um tempo a olhar para cima, imaginando as cenas que irão viver, antecipando como estarão dispostos os móveis na sala enorme, como irão utilizar todo o espaço dos armários embutidos — trabalho de artesão, como não se vê mais hoje em dia.

Quanto tempo mais ali, sem o menino? E então atravessam a rua e sobem para o saguão. O pai preferiria ter conversado com o porteiro, ou com algum morador, mas o prédio é sossegado e é o que importa. Chamam o elevador, que parece suspirar fundamente, parando em cada um dos andares, que se demora uma eternidade. Enquanto não chega, a mãe imagina como irá fazer com as compras, ela que sempre morou numa casa e nunca teve esse tipo de problemas. Mas ela tem certeza de que, com o tempo, vão se habituar. Gostaria que não fosse preciso se preocupar mais com mudanças e essas coisas no futuro.

Esquecem-se do menino que, afinal, vive desaparecendo onde quer que eles vão, não é mesmo capaz de ficar junto deles. O pai percebe o vento incômodo que vem do subsolo. Volta-se, cansado, pensa na escada. O sol da tarde distorce as imagens na rua.

Enfim, aparece o elevador. Eles afastam-se para deixar descer o velho que mal parece notá-los. Entram, impregnados pelo desconforto, e a porta se fecha diante do espelho manchado. Partem. O velho caminha devagar até a entrada do edifício, de onde observa a rua por detrás da porta de vidro. Lá fora está o velho carro empoeirado. As horas rangem.

Viúvas

Pudesse começar o dia sem planejamento, âncoras lançadas dias atrás. Pudesse descer o morro sem pressa, uns minutos diante da banca de jornal, pelas manchetes; pudesse o caminho mais longo, por ser mais agradável, pela pura mudança, sentida sem sentir. Mas planejar é fundir presente e futuro num tempo único, gerar a bem-vinda ansiedade, todas as variáveis contempladas pela segurança e pelo imprevisto adestrado. E viver o irreal, a antecedência, a dor antes de ferir-se, convivência impossível. Maldita ansiedade.

Uma dor no peito ao caminhar mais rápido ou ao tossir a tosse dos fumantes, e então a voz, repetindo: "Envelhecer é fogo, você vai ver." Como via, mas não era justo ter que concordar com o pai, que nada deixara senão essas constatações que qualquer um faria.

Sem a necessidade da pressa, porque não é empregado ou patrão, não tem compromissos, senão com os nomes assinalados na lista, que sequer aguardam sua visita. Mas o planejamento exigindo, fazendo propor, responder e então propor outra vez, nova resposta, um diálogo aflito, enquanto o presente se distrai, as chaves em qualquer lugar, a torneira aberta. Está ficando esquecido.

"É preciso organização, e sem planejamento não existe organização", ouviu uma vez, ou não ouviu. Assim, levantar-se muito cedo, barbear-se, um banho, vestir o terno azul, silêncios por respeito à mulher, que dorme na cama estreita, encolhida contra a parede. Logo mais também estará de pé, mas é ele quem imagina poder salvar as contas do naufrágio da aposentadoria. Apanha a pasta, arranjada de véspera. Sai em silêncio, a porta range como ossos velhos, velhos olhos para encontrar a fechadura, tais ruídos não acordam os vivos. E então atravessa o corredor lateral — essa gente que também dorme — e se vê na rua. Quantos dos que passam planejam seu dia?

O café — preto — no bar de pinga ao pé do morro. Manhã iluminada planeja dia quente. Já sente os primeiros suores debaixo dos braços, dói o pé esquerdo, esporão apressado morro abaixo, que só se resolve com cirurgia, mas não pode ficar parado. Então, exercícios que não faz. Não vai parar de fumar tampouco, é tarde.

São quatro linhas de ônibus no ponto lotado desde cedo. O itinerário assinalado previamente no guia puído, melhor usar caneta de cor diferente, lápis para apagar depois, já não se entende bem tantos rabiscos uns sobre os outros. Com mais de sessenta e cinco anos viaja de graça, porta da frente do carro, "Bom dia" para o motorista que não lhe pede a carteirinha.

Não se incomoda em viajar em pé, por costume forçado. Quem dá lugar aos velhos? Quem dá lugar a quem quer que seja, doentes, grávidas, gente carregada de pacotes? Não há mesmo lugar para toda essa gente no mundo. Em breve, a fome: "Dinheiro para o que comer sem ter onde comprar". A seleção, antes do Juízo, há que ser feita com sutileza e planejamento. "Ulisses é o melhor da Ilíada, fraco, mas esperto", ele já sabia, pelo pai. Mas os espertos também são castigados — talvez se o pai lesse a Odisseia. E não basta amontoar-se, suar cada passo pela cidade um dia todo e de volta morro acima se não for para recompensas maiores que as migalhas jogadas pela sorte. "A sorte é avara". (Quando criança pensava fosse a vara de pesca que apodrecia sem uso no velho rancho, atrás da casa. Por muito tempo, a sorte consigo. Depois, duvidar, retalhar a sorte e atirar no mato, para o caso de o pai ter razão e alguém acabar pescando o que ele não conseguira.)

Uma hora, às vezes mais, a depender da escolha na lista. Nunca menos, por uma segurança extra, nunca os finais de linha, com o carro vazio, pois chamava a atenção um velho de terno azul, cheirando a lavanda, com pasta preta debaixo do braço e ar distinto. Descer longe do alvo e seguir a pé por uns quarteirões: mais um cuidado, mas o gosto de caminhar pela periferia, as ruas com o ar de lembrança, tempo em que não era preciso planejar. Talvez, por isso, o desastre, essa vida. As casas de porta e janela, pequeno comércio, ainda o movimento de gente rumo ao trabalho, botecos e padarias cheias.

Daí, consultar o Seiko, escolher uma praça, sentar-se e esperar o momento: após o café, mas antes do fogão, no momento de espanadores e vassouras. Tempo de checar a pasta, revisar o planejado, preparar o inesperado. O formulário do Montepio parcialmente preenchido com a Olivetti Lettera 22, a fita nova, o "r" torto. Recibo preparado, mas é risco. Mais seguro prometer um timbrado, já com o pagamento, mas há que se avaliar possíveis desconfianças. O planejamento é a margem de segurança, mas o improviso é seu talento. "Galho que não verga…"

Lenço no bolso para as mãos suadas. Spray de própolis para o mau hálito. As pessoas são sensíveis ao detalhe. Que pequeno descuido leva ao insucesso: dados desatualizados, insegurança, palavras demais, palavras de menos? Há que ser delicado ao mencionar valores. O tom digno sem impostação. Confiança de gente antiga se conquista de pronto ou não se conquista.

Ainda assim, a estatística cruel: o fracasso é o resultado mais frequente. A subida do morro é penosa de qualquer forma.

Passar defronte da casa, a passos medidos — 216, Alecrins. Portão enferrujado, espinheira nas muretas em divisa com a calçada, garagem estreita e inútil, jardinzinho: roseiras sufocadas de mato. Mas a vizinha conversa com alguém e é preciso evitar o risco de ser notado. Empurra o portão e avança ignorando a campainha. Um cão late para esse mau começo. Se retrocede não há volta. Bate palmas. Um canto de olho para descartar a curiosidade da vizinha. O cão alvoroçado, nos fundos. Num instante a porta se abre e surge um homem de camisa regata, bermuda, olhos inchados: trabalho perdido. Ele atira o "Bom dia" da ocasião, consulta o formulário e lê o nome.

— Meu pai, por quê?

"Recadastramento do Montepio" é a resposta padrão.

— Morreu faz dez anos.

Ele sabe. Não toca no nome da viúva se o filho mora na casa. Daí em diante é justificar, explicar-se, com toda a gentileza e sair dali depressa.

Na praça, senta-se ao lado de uma mãe que observa o filho em seu triciclo. Tivesse tido filhos, seria um lugar como aquele, pela manhã com um neto. Melhor: neta. "Filho és, pai serás". E então, como fica essa máxima contrariada, meu pai? E essa outra: "Depois de mim virá quem bom me fará"? Uma criança nesse mundo ruim, de gente ruim: foi a mulher quem não quis. "Quem não deixa descendência ou é padre ou não dá no couro".

Apanha a lista e é preciso apertar os olhos sem os óculos, que mal enxergam para riscar o nome: um desperdício. Ainda é cedo, há tempo para selecionar outro antes do almoço.

Quarenta minutos: metrô e ônibus. Pelas ruas do bairro, carcaças dos barracões das antigas tecelagens abandonadas, com vigias na porta. Fileiras de casas iguais, as casas de companhias que desejaram seus empregados e as famílias por perto, vigiados também. Região sem praças, de comércio improvisado, o sotaque italiano nas conversas capturadas pelo ouvido bom. Já esteve no bairro, um dos primeiros fracassos. Mas são ruas distantes, distante a indústria arruinada cujos empregados morreram, enganados pela ilusão de prosperidade.

As casas sem jardins, muita gente transitando num corredor de pressa. Ali, ninguém se nota, parece. Passa pela casa — Lago de Como, 456 — e dobra a esquina com o passo igual, para decidir pelo contorno do quarteirão devido ao acesso de tosse, o primeiro dos que virão dia adentro, um calor prometido, que o terno já avisou. A gravata incomoda. Tivesse a camisa apresentável e o paletó poderia deitar-se no braço.

Já está diante do alvo outra vez. Agora se detém, seguro, e pressiona o botão ao lado da porta. A cigarra grita para o eco que supõe espaços vazios. Num instante, a vizinha na porta.

— Não mora ninguém aí, seo. O que o senhor queria?

Ele consulta na lista o nome decorado e pergunta por Cândida Maria Beneduzzi, para descobrir que se mudou para o interior, local desconhecido. Sim, faz tempo. Ele vasculha os papéis: outra na mesma rua, mesmo bairro, na região. A mulher permanece ali, insistente, e ele, por um instante, cogita em oferecer-lhe uma cota. Agradece e se despede sem mais riscos, disfarçando a insegurança.

Na lista, mais outro nome cancelado. O tempo trata de desatualizá-la, nomes sumidos, mortos, mudos, endereços ocultos, demolidos. E essa tanta gente desiludida que povoa o mundo, agora que toda verdade é desconfiada, exige papéis e assinaturas sob carimbo, selos, timbres e outras confirmações cujo peso a palavra não suporta.

A palavra, ele sabe, é outras coisas. "A leitura afia o instrumento." Daí, volumosos Stendhal, Melville, Dickens, Dostoievski, por esse gosto que não era o seu, para tornar-se diferente de tantos sem idade e paciência e, por fim, viciar-se nas infelicidades, as mesmas da boa literatura.

Entre o calor, o cansaço e a economia miúda, vencer tantos quarteirões a pé, passando pelos enormes fantasmas falidos, mais fileiras de casas iguais, até a paisagem deteriorada dos arredores de um terminal de ônibus, ali o movimento e as desatenções mais intensas. Coronel Cintra, 212: prédio de quatro ou cinco andares, cinzento, espremido por bares de bairro antigo, desde cedo os velhos jogando cartas. "O baralho suga o juízo, é pior que a pinga", e já basta dessas máximas.

O nome rabiscado ao lado da campainha do apartamento 313 está na lista. Ele toca a campainha e informa à voz do outro lado que se trata de recadastramento do Montepio. Algumas explicações e a voz afirma que vai "falar com a patroa". Fosse mais tarde ou mais cedo, fosse outro dia, talvez corresse os riscos. A caneta já está pronta para cancelar esse outro nome na lista. Caso haja dificuldades, ele não vai querer testemunha. Afinal, onde encontrar as mulheres sozinhas dessa cidade tão grande? E se vai.

A manhã já avança pela hora dos aventais e panelas, as chances diminuídas por esse seu critério. Mas é a experiência, o planejamento — esse mal —, que o dizem. Cedo para o almoço sem fome, tarde para qualquer outra coisa. Ele senta o terno amassado no banco do ponto de ônibus, abre a pasta, examina a lista. O papel com timbre do Montepio exibe a cerca de arame — azul, preto, lápis — eliminando tantas possibilidades quanto as que restam. Não estão assinalados os sucessos. Mas haverá o momento certo para retomar alguns nomes, grifados em vermelho, fracassos adiados.

O jugo de tantos cuidados aperta o colarinho que o suor vai sujando e puindo, mas afrouxá-lo é descuido comprometedor: uma gravata mal ajustada ou um botão que se solta seriam os sinais indesejáveis de sua aflição revelada em desleixo.

Então, deslocar-se em direção a outro local escolhido na listagem, metrô para fugir um pouco do calor. Mas não há refrescos quando se mergulha no oceano da pressa multiplicada. A pasta esbarra e o sapato pisa sem se desculpar, a mão se agarra aos protestos e aos apoios engordurados, tantas mãos suadas como a sua. Quando chega à estação, já é hora de almoço para tantos — quase o seu — e é preciso comer em horários determinados para conservar o bom funcionamento do organismo — as leis do pai.

As praças: um refúgio impossível para as costas e os pés suados. Um instante que fosse em um banco, entre deserdados pedintes que sua aparência já não atrai tanto. A opção por um sanduíche num bar lotado, onde, ao fundo, o refresco de uma cadeira e uma mesa encardida para estar aparentemente só.

O tempo transcorre miúdo, mastiga a pressa. Já não é preciso ensaiar as falas ou rever a lista, destacando as prioridades, assinalando aqueles nomes que podem representar dificuldades, tais marcas pintam o papel até quase o inapresentável. Às vezes, mostrar o timbre legítimo do Montepio, para o convencimento. É possível checar seu nome na carteirinha com a validade alterada, caso a vítima desconfie. Mas qualquer sinal desse tipo é a senha para acionar seu rigoroso alarme e propor, polidamente, voltar outro dia. Em todo caso, seus cartões amarelados e convincentes exibem o telefone de anos atrás, para consultas. "A segurança conquista a confiança". Tanto tempo de trabalho honesto para acabar sendo como o pai, seu pior exemplo. Provavelmente morrerá tossindo, como ele.

Após o almoço, tudo é mais difícil. O paletó esgarçado nas axilas pesa como um castigo em que ele não crê. A vista castigada busca os dois nomes assinalados para a redondeza, já percorrida meses antes — três ou quatro insucessos — e postas à parte por segurança. Encontra com dificuldade a rua sem saída, pequena vila de sobrados — Felicidade, 108. Ninguém vive sozinho num sobrado. Na sacada do andar superior, alguém cuida da floreira.

Duas crianças trocam confidências na pequena varanda. O jardim é bem cuidado. Mais um fio de arame na cerca rabiscada. Retorna sem que ninguém preste atenção a seu passo inseguro. Não faz diferença, entretanto, que jamais voltará ali, como jamais visitará novamente tantos endereços de tantas que se mudaram, residem com os filhos ou foram juntar-se aos maridos. As fichas em três pilhas: *não visitadas, já visitadas mas não descartadas*, e *descartadas*, esta última mantida para não desequilibrar a pasta, que necessita de consertos, retoques no couro.

O sol anda alto quando ele arrasta as pernas — uma mais curta que a outra — pelas ladeiras e ruelas entupidas de lojas de bugigangas, essa multidão pegajosa. Tivesse talento e um esbarrão, uma rápida conversa ali, em plena rua bastariam. Nada da humilhação, tantos anos de cartão de ponto, papel e carimbos, andando de porta em porta, vendendo aquilo em que não confiava a quem não desejava comprar. Agora, ainda essa mesma pasta suada, sorrir, pagar diariamente a língua do pai habilidoso — improviso sobre-humano —, para quem se "tivesse talento e um esbarrão, uma rápida conversa..."

Ainda intermináveis sete ou oito quarteirões pela avenida larga, pista duplicada, grande comércio, o rumo rabiscado no velho mapa. Dobrar esquinas de redondezas valorizadas, imaginando um engano e, assim, outro fracasso. Mas alcança uma praça modesta, com os ares de desleixo que parecem contaminar a ruazinha adiante e outras tantas, até o destino — Dos Veteranos, 356. Diante do portão baixo — padrão —, a pequena área com piso vermelho, vaso com renda portuguesa, porta com vigia de vidro canelado, examina as chances reduzidas. O dia se encerra. Vencido o horário da sesta, a cozinha arrumada, a novela repetida, a casa quieta de quem vive só. Agora, muitas solitárias que se visitam, falam ao telefone. Mas, às vezes, o declínio do dia rumo ao seu crepúsculo inevitável como metáfora das existências vazias. E então, sua gentileza, uma carta de compreensão na manga encardida.

Consulta ao Seiko, spray, formulário semipronto, nomes decorados por suposta intimidade como evidência de boa organização. Daí, compor seu tipo mais agradável dentro do terno curto e aplaudir o desânimo da última tentativa do dia perdido. A porta abre-se num instante e seu ceticismo quase não consegue ver a senhora de avental, vassoura em punho, que lhe pergunta o que deseja com a simpatia inesperada. A resposta padrão, incrédula, encontra um pedido de esclarecimento. Do portão, ele exibe o formulário e canta o nome com respeito ansioso.

— Era meu marido, faleceu em 99.

Ele confere: Maria do Socorro Silva Benedetti.

— Isso. Benedetti é dele.

Ele só quer conferir os dados, pode ser ali mesmo no portão. Mas poderia ser na sala, que ele supõe limpa e arrumada, quem sabe um cafezinho de cortesia.

— Ele não falava das coisas dele. Volta e meia chega alguém e eu fico sabendo disso e daquilo que eu nem imaginava.

Claro, as pessoas têm suas reservas, mas as mulheres não teriam como lidar com essas coisas, ele não diz. Esse segredo perfeito é a margem onde atua, preenchendo os claros com sua própria caligrafia, trêmula de insegurança, quando ela abre o portão e o convida a passar para a sala.

As poltronas não têm braços onde apoiar os cotovelos gastos. A porta permanece aberta, a casa silenciosa. O formulário sobre a pasta, a mulher revira as mãos secas na barra do avental e confirma a data de nascimento do marido, mas não se lembra dos números dos documentos, dispondo-se a buscá-los. Agora, as falas planejadas atropelam-se de ansiedade. Ele gagueja, revira os papéis para explicar o desnecessário. A mulher fala do marido com a emoção resguardada. Ele só quer saber se a casa é própria, se ela tem os filhos que já não moram com ela. Desespera-se quando ela pede licença para ir buscar documentos e aparece com a caixa de camisa onde é preciso procurar.

— Faz anos que não mexo nisso, é muita recordação.

Ele enxuga as mãos nas calças descoradas, ouve as descrições, velhas histórias, o coração que bate no pescoço. Diz que o número dos documentos está, com certeza, correto, que ela não se preocupe.

— Não é incômodo nenhum. Já vou passar um cafezinho.

Ele agradece, só quer um copo de água. Ela pode deixar o documento, não tem importância, pode ser quando ele voltar, dali a alguns dias, para trazer outros papéis para que ela assine. Ela continua revirando as fotos na caixa, desculpando-se. Mas a empresa talvez mande os formulários pelo correio, para que ela preencha e devolva. Ele olha para a rua, de onde pode surgir alguém a qualquer momento. Sim, é difícil viver só, ele vive com a mulher e não se dão muito bem, às vezes, como se ele não existisse, coisas que não era preciso dizer. Não, não teve filhos, casou-se tarde. Os três dela já se foram para o mundo, onde é o lugar deles, não é mesmo? Claro que ela sente falta. A casa é pequena quando a família se reúne. Viver para os netos, os quatro. Uma das filhas, a mais nova, solteira por convicção. No tempo em que lecionava...

"É estratégia, coisa de general vencedor, de boxeador campeão. Se um é surdo para ouvir a voz da hora certa, então..."

Ele estende o protocolo com a caneta: basta assinatura e está tudo certo. Ela pede um minutinho e volta com o copo de água, bandeja com toalha bordada. Ele agradece, segura o copo, não é capaz de engolir. E então, devolvendo o papel assinado, agradecida, ela pergunta:

— E é só isso?

Ele olha pela porta da rua, ouve o chamado soando nítido na tarde que declina, toma um longo gole da água que lava o calor engasgado, refresca o suor que gruda nas costas, e recria o seu sorriso polido, o melhor deles para o velho pai bêbado e asmático. Falta só mais um detalhezinho, senhora.

Um salgado e um café, parceiros do cigarro atirado fora com o mais violento ataque de tosse, indigno de um general vencedor. Tanto faz a volta às cinco, seis ou sete, sempre o mesmo horário das oito e trinta para estar em casa. Por isso, vaguear contra a pressa de todos e ir tomando as conduções mais e mais tarde, à medida que a carga rareia, a chance de ir sentado pela última hora do trajeto. Nos fundos do ônibus semivazio, os últimos fulgores dessa rara alegria. Brilha no escuro o cheque-troféu, examinado com a deferência que, afinal, não é tanta. Porque o sucesso minúsculo ainda necessita de recortes e colagens e a letra trêmula da viúva impõe dificuldades extras para as lupas, bisturis, sua própria caneta para facilitar as coisas, mas que treme em ritmo próprio e sem controle. Porque o valor informado na hora certa de escolha errada eleva-se sempre a uma cifra difícil de alterar: vinte e cinco, trinta e sete, quarenta, certa vez. Porque as raras vitórias ignoram a moderação. Afinal, quem anda emitindo cheques de dois mil e quinhentos, três mil e setecentos, quatro mil, quarenta mil? Quem aceitaria negociar um cheque desses com alguém vestindo um terno como o seu?

Napoleão, Ali, Von Rommel provavelmente conheceram a sensação de que às vezes é impossível vencer.

Mas, se nos pés do morro não encontra crédito em bar algum e precisa exibir seu troféu como prova do sucesso àqueles todos que jogam sinuca, baralho, e o olham como se fossem seu pai, então preferível atirar ali mesmo o cheque miúdo na última das poças de cachaça e cerveja derramadas e subir cambaleando seu terno azul sujo e em frangalhos pelas ruas que se estreitam. Pelo caminho, viúvas caídas nas calçadas, formulários emporcalhando as sarjetas, hordas de traficantes com walk talkies em punho e automáticas cromadas na cintura, vendendo seu produto fácil e quase sem riscos, gente em que não se pode esbarrar para subtrair uma carteira ou um cheque rasurado.

No dia seguinte, serão os furos nas velhas meias cansadas, mais riscos matando os nomes na lista que definha. Fossem os dias selecionados como as marcas nas margens do papel: *já visitados mas não descartados*, e assim pudesse revê-los com um novo olhar da sorte. Talvez uma estratégia mais ousada ou prudentemente outra para encantar e emocionar as mulheres solitárias, com a promessa de recebimento de cifras fictícias como se fossem os maridos ressuscitados. Daí, segundas e terceiras chances para os dias não atendidos de casas e mãos vazias. Talvez, ainda, o calendário assinalasse o dia de deixar a casa de fundos, de ir à loja e comprar um terno novo.

O dia começa cedo no morro: gente que desce para servir a tantos patrões e que voltarão à noite para servir-se aqui. A mulher acorda quando tantos já desceram porque não tem pressa, há que deixar vir o dia a seu modo e gastar-se numa fileira de horas lentas. O almoço demorado, na hora da fome, sem a companhia de vizinhas que já comeram por acordar antes. Assim a manhã se prolonga, como se prolonga a louça, com cuidado, o cochilo à tarde, a reza, quando é preciso pedir que a noite seja leve sobre os ossos fracos e solitários, agora que o marido se foi.

A casa é pequena, por isso é preciso limpar devagar. Os vizinhos da frente barulhentos, ela liga a televisão baixinho, para fazer companhia. Talvez no final da tarde, se tiver disposição, uma visita à única amiga, doente também, como todo mundo sozinho com essa idade. Por hora, ajeitar a cama de solteira. A cama grande se foi há pouco, quando enterrou o marido. Varrer cada canto, que os ciscos vêm não se sabe de onde, como o pó — do ar, talvez. Precisa de espanador novo, mas o mercado do morro não tem nada, melhor buscar na cidade, mês que vem, junto com a pensão.

Com o marido vivo, sobrava pouco depois de descontado o cigarro, a pinga, a condução, o dia inteiro na cidade, de porta em porta, a noite no bar. Agora, tem a aposentadoria, arranjada a custo. Se tivesse filhos. Mas por que ter filhos de um homem sem coragem, sem talentos, dia a dia morro abaixo com sua pasta planejada, fazendo ou vendendo sabe-se o quê, depois, morro acima, arrastando os arames bêbados do fracasso, os farrapos do terno azul?

"Riqueza do tolo, patrimônio do esperto", isso que ele repetia e ela não fazia questão de entender.

As palmas no corredor, diante da sua porta, vêm em má hora, que já ia começar com o almoço. O rapaz bem apessoado, sorriso bonito, exibe o melhor "bom dia" de que necessita para se sentir feliz. Da pasta brilhante retira a lista de endereços para conferir.

— Isso, é aqui mesmo.

Ele exibe a carteirinha, o papel timbrado com o nome do falecido. Explica.

Imagine, pensar que se ocupasse com o seu futuro aquele homem sistemático, escravo de si mesmo a vida toda, velho medíocre, obcecado.

— Mas, tem certeza? Ele nunca me falou disso: montepio.

— A senhora nunca recebeu? Pois tem direito, e com os atrasados.

Já faz calor. O rapaz, bem falante dentro do terno pobre.

"Feito meu velho", ela pensa. Certamente não haverá mal algum em convidá-lo a entrar, servir um café, uma limonada.

Ralo

Para Biá

Acorda pensando em suicídio. E eu sei o que é essa vaga imensa de bravura, esse arrasto para pôr fim a todos os pequenos, terríveis problemas. Mais difícil é optar pelo cenário, instrumentos. É quando sobrevêm as estratégias da covardia.

Escovar os dentes desses pequenos rituais de toda manhã, mesmo que com atrasos, às vezes. Como ele escolhe as roupas quando está com pressa é mais complicado. Atraso de cada minuto, preciosamente. "Agora mesmo, agora mesmo", diz ao espelho enfezado. É essa sensação de que algo não caiu bem que vai denunciando o dia. E que fazer, se é tão forte essa ideia, insistindo na beira da manhã?

Há essa porção dele — de cérebro, que seja — despercebida. Então, ele segue para a rua, sonâmbulo dividido que assume o volante, congestionamentos afora, até o trabalho, como se esta fosse uma história diferente. Chegar bem, sem atropelos, não foge aos propósitos dessa metade determinada, que agora oculta a capa dos seus propósitos.

O dia é um carimbo. Não é tempo o que passa até o momento de voltar.

Outra vez em casa. Sabe, ele todo, que ficar só é difícil, mesmo quando diz que aprecia, como eu. E ele está em casa quando as sobras do dia começam a durar muito mais. "Alguém mede errado", ele poderia estar pensando, mas não está.

Essa porção dele que segue pensando em suicídio desde cedo e que se expande depressa, considera se será frio ou quente, facas, algo de explodir, doer, sufocar, adormecer sem sentir. Sim, porque há coragem, mas há dúvidas. E também: que fazer daquilo nele que não aceita a ideia?

Essa porção, porém, vai se encolhendo, vencida pela determinação tenaz. E encolhe mais, num movimento que se completará quando já não houver divisão, a ideia compacta, única, pronta.

Isso tudo vai acontecendo e não imagino quanto irá durar, nem quando haverá a percepção acesa, se será tomado, vencido ou reconhecerá que, enfim, é isso, essa dimensão em sua cabeça que se desdivide.

Daí, já se sabe.

Dizer com esse olho no futuro — para encerrar tudo de uma vez — esse olho para dizer que o tempo foi mesmo esse, que ele foi se inflando de coragem, até que teve que vomitar de algum modo essa coragem, tão determinada quando quer alguma coisa, como por exemplo tirar a própria vida usando uma gilete velha, dessas que ninguém usa mais, mas que tinha que estar ali no armário do banheiro para ser dessa forma, cortar a garganta de uma vez, sem pensar em nada antes, e tombar sobre a pia, do jeito que eu vi num filme.

Confiança

A MÃE
A voz que atende ao telefone traz o mesmo acento característico. Mas o incômodo é dupla surpresa: encontrá-lo em casa e constatar que não se alterou o tom de enfado que tantas vezes havia soado como indelicadeza aos ouvidos dela. Ele atende como se pudesse estar ali, continuar sendo a mesma pessoa de todos os dias. Mas, talvez porque ele ainda não saiba e então siga falando da mesma forma, usando as mesmas expressões e gestos, o mesmo rosto. Não será ela a lhe dizer que tudo foi revelado e ele agora é outro, esse estranho horrível.

Um momento de silêncio: o que ela precisa saber já não é do conhecimento do antigo Jonas, esse com a voz de enfado e gestos longos, que ela conhece há tempos, que frequenta sua casa, compartilha de sua mesa; não é conversa para ter com o dedicado funcionário de seu pai, que passa as tardes no escritório, anexo à casa, senta-se com Natália para auxiliá-la com as tarefas e ensiná-la a jogar damas.

— Madalena... — ela é capaz de murmurar.
— Minha mulher não está. Quem fala? — a voz de Jonas.
Ela engasgada.

— Simone? É a Simone? — ainda a mesma voz.

Então o Outro, o Novo, é capaz de identificá-la ao telefone? Prender a respiração, ouvir esse longo instante e então, um segundo antes de desligar, o som daquela voz inusitada, cautelosa:

— Nati?

O AVÔ

Você imagina que Deus, Nosso Senhor, criou a Terra e encheu de planta, gente e bicho e isso tudo vive por aí, no seu espaço cada um, às vezes dois ou mais brigando por um espaço, assim é a vida. Agora você imagina que Deus, Nosso Senhor, mandou o homem tomar conta disso tudo pra Ele. Existe a lei de Deus, que comanda do alto, e, mais embaixo, a lei do homem, que serve pra acomodar as coisas, debaixo do sol. Então, o negócio é organização, tá acompanhando? O homem organiza a convivência e Deus julga o homem e a lei do homem, ninguém escapa disso. Se você olha esse mundo do alto, você vê uma coisa só. À medida que vai olhando mais de perto, vem vindo, vai enxergando os espaços, as terras separadas, as cidades; depois, mais de perto, vê os terrenos, os muros, as cercas, dividindo, pondo ordem. É isso que a gente faz: ajuda na tarefa de colocar ordem no mundo, dizendo: isso vai até aqui, isso começa ali, o tamanho disso é tanto, esse é o limite entre aquilo e aquilo outro, esse pedaço de chão é deste e aquele é do outro e por aí vai. O mapa, então, é uma coisa que existe pra saber onde fica cada coisa em cima da terra, por onde se vai daqui pra lá, em que ponto começa uma coisa e termina outra. E a gente, o trabalho da gente coloca as coisas dentro desse mapa, acompanhou? Deus, quando olha lá do alto, enxergando as coisas todas, eu acho que Ele enxerga também como um grande mapa, com o endereço de tudo o que existe.

Esse é um trabalho muito importante, viu, meu filho? Esse trabalho é muito bonito e eu quero que você entenda que precisa levar a sério. O trabalho é exato, é medida e acerto, é plano, é ordem. A gente acerta o que está confuso, mostra onde ficam as coisas e como têm que ficar. Você não conhece o serviço, não tem experiência. Não tem importância, isso. O que eu preciso é de uma pessoa pra me ajudar, com quem eu possa contar, tá acompanhando? Isso sim é o mais importante. Eu preciso que você me ajude e eu vou ajudar você. Você tá precisando, a minha filha falou. Ela conversou com a sua noiva, a Madalena, né? Minha filha disse que elas são muito amigas, o que é muito bom, pra ver se a sua mulher põe um pouco de vontade na cabeça dessa preguiçosa. Parece que vocês estão querendo casar mais pra frente, mas que tá difícil, que o serviço na loja onde você trabalha não paga muito, não é isso? Eu entendo, meu filho. Eu só cheguei até aonde eu cheguei porque o Severo me ajudou. O Severo era um homem muito bom. Ele me ajudou a começar a vida, num tempo em que tudo era bruto, áspero, menino. Então, o Severo me deu trabalho e me ajudou a comprar casa. Eu paguei tudo, direitinho, e ele ficou satisfeito em receber. Não estou falando isso pra dizer que vou cobrar de você a ajuda que estou dando, não é isso. Eu quero que você me acompanhe: eu vou dar o emprego pra você sem conhecer, na certeza de que eu vou receber em troca o que eu estou pedindo, que é trabalho e dedicação, responsabilidade. Eu acho que sei escolher as pessoas, que Deus me ajudou sempre nisso. A minha Lazinha era mulher boa, tinha o coração grande. Ela não tinha muito ferro no sangue, nem muita cabeça, mas compensava tudo porque era esforçada, sabia o que era o certo e o errado.

Então, eu já estou chegando numa idade de cansar fácil. Nem penso em parar, só quando Deus disser que é hora. Enquanto isso, eu vou trabalhando. Eu já tive ajudante bom e ruim. Agora eu estou querendo mais que isso e preciso saber se você vai ser essa pessoa de que eu estou precisando, acompanhou? Eu tomei referência sua, quero que você saiba. O que falaram de você bastou pra mim e o que apontaram como defeito, pra mim é qualidade. Não gosto de gente que fica falando à toa. E aqui você não vai precisar vender nada. Aqui você vai começando e eu vou ensinando o serviço. Você vê se agrada, eu vejo se me agrada. Eu acho que vai dar certo, eu sei olhar pra pessoa e ver se vai dar certo. Vai depender de você querer e se dedicar. Depois, se você achar que é isso mesmo, você vai fazer o curso. A gente discute um jeito mais pra frente. Hoje tem essa conversa de que tem que ser engenheiro pra fazer esse trabalho. Não tem que ser nada, tem que ser trabalhador e ter olho bom, só isso. Mas o curso é interessante, na escola técnica. Eles ensinam uma porção de coisa que não precisa saber, muita bobagem. A prática é o melhor professor. Mas você, se você quiser mesmo trabalhar com agrimensura, você vai lá e faz o curso. Eu vou ajudar você.

A gente tem o serviço de cálculo aqui no escritório. Mas a maior parte do nosso trabalho é no campo. Você tem que ter disposição, vontade. Eu quero saber se você está disposto, porque eu preciso contar com o meu ajudante. Isso. Muito bem. Você diz pra sua mulher que eu estou pensando nela também pra dar esse trabalho pra você, pra vocês dois poderem se casar logo, formar a família de vocês também. A minha filha veio me pedir. Ela não tem muito senso das coisas, mas eu tenho. Eu vejo uma história, essa de vocês, e eu quero ajudar. Depois, você traz a sua noiva pra gente conhecer. Aqui em casa somos eu, a minha filha e a minha neta. Perdi uma filha moça, Deus levou. A Lazinha não deu conta. Eu fiquei com essa filha, que me arranjou essa neta. Então, somos nós três aqui, a família.

Quando a gente for pro campo não tem muito horário, é bom avisar. Mas você pode fazer uma refeição ou outra aqui em casa junto comigo, quando ficar apertado o horário. Eu sei que você é sozinho e lá a sua menina é professora. Isso. A minha filha faz uma comida que não é muito ruim. É só não ser muito luxento. Minha Lazinha era boa cozinheira, essa filha minha não. Ela não precisa cozinhar pro marido que nunca teve, pode bem cozinhar pra mais um.

A MULHER

Cerimônia, igreja, vestido, festa: nada daquilo por desejo seu. E nem dele. A orfandade dele, um privilégio: ninguém para contestar a escolha pelo mais simples. Já do lado dela, ao contrário, tantos para opinar sobre o que não lhes pertencia. Revolta chorosa da mãe, silêncio inconformado do pai, indignação ruidosa de um enxame formado por avó, tias paternas e maternas, primas, o padre confessor da família. Ela cedeu com pouca resistência: impossível enfrentar tamanha horda e permanecer incólume. Ele silenciou. Ambos concordes em alegar falta de dinheiro como forma de conquistar a generosidade multiplicada de tantos parentes aliviados. Assim, isentos de qualquer gasto com o traje de noiva, decoração da igreja, aluguel do salão paroquial, buffet, banda para a festa, mais recursos extras para uma viagem de lua-de-mel, adiada *sine die*. E ainda: a alegria efusiva do velho patrão dele, com exageros tantos a ponto de incomodar, como se casasse o filho que não tinha e sempre quisera e, por fim, afirmava ter. Fez questão disso e daquilo, gastou mais que todos e ficou feliz. O noivo muniu-se da indiferença com que enfrentava contrariedades e encenou um personagem satisfeito e agradecido com seus melhores esforços. Escolher a trilha sonora para a igreja, os músicos pagos pelo patrão; as longas e afetadas descrições sobre o enredo de flores e vasos e rendas para os bancos, altar. A confirmar a previsível coleção de aborrecimentos, o pedido inconveniente do velho para levá-la ao altar em substituição ao pai, porque sonhava com o gesto de conduzir uma filha, depois que Deus lhe levara a mais nova solteira e a mais velha era mãe sem marido. Recusa difícil, travada em insistências. E então, a cerimônia, minuciosa coreografia para se mostrarem espontâneos, forjada no primeiro ato de juras sinceras. Mesmo que fossem. Durante a festa, algo com a comida, com o pagamento da banda, umas despesas sem dono. E outra vez o patrão, exibindo o maço de cédulas, excedendo-se em afetos, esticando o discurso, ameaçando lágrimas constrangedoras. Ele, o noivo, silencioso, a um passo de distância de tudo, o paradigma de seu modo de estar no mundo.

O tempo suficiente para confirmar o que talvez ela já soubesse: quando necessário, ele seria minimamente atencioso, um sorriso, observações breves, o empenho simples para a convivência prática. Mas haveria de se manter alheio, uma invencível habilidade de se bastar. Que ela buscasse sem sucesso as notas mais fortes para tentar expor aquela alma em silêncio, não provocava temor pelo futuro. Bastava enxergar os modos dele como parte do tecido elaborado em conjunto: sentimentos, acertos apropriados para garantir a harmonia. Isso já se resolvera e era — ou parecia ser, até ali — satisfatório para ambos.

Então, como incluir aquele gesto extremo nesse curso dos dias? Um aceno ruim, vez ou outra, mas o rio calmo da vida em comum jamais se encapelara daquela forma, turvando a superfície que espelhava um modesto projeto de felicidade. Que dor tão intensa era aquela, obrigada a se expressar como um grito tremendo de alguém que sempre sonegara as palavras? Desgosto. Um profundo, terrível desgosto. Vergonha, certamente. E incredulidade. Um abalo poderoso, capaz de desfazer de pronto a estrutura de serenidade cultivada com zelo extremo e provocar o desejo da própria aniquilação.

Na calmaria dos dias, todo susto amplificado. E tão maior esse, de Jonas hospitalizado após tentar tirar a própria vida. Comprimidos insuficientes, um instinto mais poderoso, felizmente, evitando o pior. Uns desconfortos, um dia em observação, nada mais. Mas o dano invisível, talvez irreparável, desconhecido. Tudo por obra de uma calúnia imensa, gerada na mais cruel irresponsabilidade, impondo injusto sofrimento a um espírito correto.

A MÃE

Em criança, o castigo imposto era permanecer só e calada em um canto determinado: o escuro entre o guarda-roupa e a parede, no quarto dos pais. Fosse o espaço úmido sob a escada que levava ao pomar e haveria os pequenos insetos, os cheiros, os ruídos. A escolha, entretanto, era o castigo perfeito, que os sons, as vozes, só chegavam ali dissolvidos no rebater de portas e paredes. No opressivo fazer nada, mesmo o sono desertava; tensão e preguiça não fazem par, nem a pedido, nem para o consolo de ajudar a saltar as horas pingadas, um mar infindável de tempo inflexível. Diz-se que a pior solidão é aquela compartilhada, quando se está só entre outras pessoas. Não. Por maior a diferença entre os seres próximos, por maior o isolamento, voluntário ou não, a que a alma se submete, sempre haverá a condição do humano como ponto de contato — para o bem ou para o mal —, descorando a solidão.

Com o tempo, soube que havia companhias piores que a solidão. Restaram ela e seu pai, depois da partida da mãe, fraca e vazia, e da irmã luminosa, viva em excesso, a ponto de enciumar a morte. E a partir de então fora o castigo constante, o mundo todo um canto escuro e silencioso, rasgado de quando em quando pela aspereza do pai, privado da companhia da mulher submissa e da filha a quem havia considerado a melhor parte de tudo o que legara ao mundo. Quando viera a menina, num turbilhão confuso de ressentimento e culpa, preencheu-se o vazio. O repúdio do avô distribuiu-se entre as duas, implacável, aprimorado. Sequer insistira em encontrar um casamento, um pai entre tantos para remédio das aparências. Que ela se envergonhasse no espaço estreito entre o guarda-roupa de imbuia e a parede cuja pintura descascava.

Era uma cópia do avô, a menina? Os modos sem delicadeza, esculpidos pela grosseria incomodada com o "fedor de saias" pela casa. Talvez respingos do gênio rebelde da tia morta. A aspereza nova, mais bruta, era então coisa instalada no sangue, desde sempre, ou era coisa nova, hormonal, adquirida em disparos de emoção concentrada e incompreendida? Ou era um medo, nojo, a válvula aberta antes da hora, deixando vazar a herança ácida demais para as veias despreparadas?

Os episódios repetidos de explosões sem causa, impaciência pura da menina para o que viesse da mãe, desencadeavam ondas de choque: um levantar de vozes, as palavras duras, às vezes o choro de raiva encurralada, sempre o rancor guardado por ambas para alimentar o embate seguinte. As intervenções brutas do avô, vexado pela presença de Jonas, irritado pelos desacertos frequentes, tinha o condão de aproximar as partes em conflito, elegendo o novo adversário. Recriminar a mãe sem modos, sem pulso, sem moral para cobrar comportamento adequado a quem fosse; recriminar a menina vulgar, desleixada. Nesses momentos, o rancor das duas era um só.

Algo ouvido na escola, a menina disse. Algo ouvido das amigas, da professora, um alerta de alguém, disse. E então, a dúvida incomodando, ela disse. Perguntar, mesmo que para a mãe, porque talvez fosse nada, talvez fosse algo de errado ali. Mas, em princípio, a resposta de Simone fora a dúvida, a incredulidade e os questionamentos ameaçando reabrir os combates. Depois, a noite comprida: silêncio. Pela manhã, os mesmos resmungos ríspidos do avô, a menina distante. Agora, a casa vazia. Solidão e silêncio. Os pensamentos emparedados. O telefonema para a amiga Madalena, por puro desespero. Então, a certeza de que uns modos atenciosos vindos de quem no princípio era somente indiferença polida, de quem se acostumara aos favores de se sentar à mesa como se na própria casa, recebendo um tratamento que ela e a filha não recebiam do velho, a certeza de que esse estranho, eleito filho, sentira-se mais e mais à vontade para estender as asas, fazendo sombra à decência.

A recomendação — mal recebida — para que a menina almoçasse na escola: assim para pensar melhor. E a ela, que conhecia por inteiro os meandros do desrespeito, dos comportamentos mais torpes, haviam passado despercebidos os sinais — evidentes? — do que se desenrolava sob seus olhos, certamente turvos pela espessa camada de repulsa que a experiência construíra. A incerteza da menina era a certeza dela. Agora, esperava o conflito, o momento de olhar nos olhos de um estranho, recebido com familiaridade, tantas vezes servido pelas mãos que agora tremiam de indignação. Como encontrar as palavras para dizer o indizível? Ou talvez suportar muda, esperando que algo se dissesse por si para trazer tudo às claras, sem a necessidade de desmascarar aquela criatura que contaminava a casa com sua presença abominável.

A MULHER

Insatisfação: primeiro sinal do desequilíbrio. Ou seria o oposto? Ou tudo uma coisa só para ir enchendo lentamente os vasos dos dias com o líquido espesso do desgosto? Palavra forte, essa: desgosto. Usos de sua mãe: dizer que andava "desgostosa da vida" e não fora capaz de sorrir nem mesmo no dia do casamento da única filha, queixando-se do sapato deselegante e apertado no joanete, dizendo que não apreciava aquele modelo de festa. Por fim, o vexame do pai confraternizando com o garoto que servia as bebidas, chorando no ombro do noivo, pedindo dinheiro emprestado ao velho e sair falando alto que não voltaria ali nunca mais.

De verdade que não julgava essencial ter plena consciência dos próprios desejos para estar feliz. A alegria, a tranquilidade, brotavam de uma fonte sutil, alheia ao elenco de promessas feitas a si mesma. Aproveitar aquilo que a vida ia oferecendo, sem grandes expectativas, e então, subitamente, achar-se de posse de um quinhão possível de felicidade. Nunca havia sido necessário um grande repertório de palavras para o entendimento entre ela e Jonas. Ele trazia os sentimentos ordenados, como numa prateleira. Se a ilusão era um mal que desviava os olhos da realidade, então desiludir-se era estar livre. Desse modo, olhavam-se com os olhos desembaçados, deparando-se ambos com a paisagem possível de suas aspirações.

Tudo isso ela elaborava, um tecido de pontos miúdos que gostava de bordar. Porque, depois de colocada a linha, seguiam adiante as agulhas, deixando prontos os trilhos e os desenhos. Quando preciso, voltar atrás, examinar, compreender. O tecido da convivência deles bordado com cores serenas. Ela falava mais, dizia das coisas da escola, dos pais dos alunos, das colegas suportáveis e insuportáveis, das crianças tristes e das crianças espertas. E ele olhava direito nos olhos, com uma atenção que parecia existir. Quase não falava do trabalho. Aos poucos, fora deixando de contar as histórias do velho, das fazendas a desmembrar, dos cálculos difíceis, aprendidos a custo, da menina e de Simone — uma boa, única amiga que ela possuía. E os raros tecidos novos iam pedindo suas linhas, a tarefa prosseguindo mansamente. Os dois assim.

Quando fora preciso, deixar a loja para aceitar o emprego com o velho e trabalhar na agrimensura, ganhar o suficiente e seguir o tecido natural das coisas, planejar o casamento. Quando ela havia escolhido cadeira em escola afastada, os dois distanciados por um tempo, a remoção conseguida pela influência do velho. Ele voltara aos estudos também por insistência do velho, que se encarregara dos custos. Depois, já casados, quando ela havia dobrado o período, ele almoçando na casa do velho. Tudo se resolvendo sem fios soltos. Mesmo os filhos que não vieram, ela colocando na própria conta e sofrendo, agulha calada e suspensa, uma única conversa para resolver o que já estava. Ele nunca parecia medir ou pesar as razões, em insistir contra as evidências. Era assim, que fosse. E bordaram esse desenho vazio. O velho dizia que Deus desejava que eles aproveitassem a vida: "filho é só trabalho e encrenca".

Mesmo assim, um certo desconforto ao pensar em Simone, na filha Natália, o velho e agora Jonas, sentados à mesa do almoço, conversando, disputando, ouvindo os discursos do velho, que fosse. Ao final do dia, a casa dos dois em silêncio para recebê-los, ela primeiro, ele depois: um cumprimento tranquilo, um assunto tranquilo, tranquilamente o lanche da noite, talvez o sexo tranquilo para a tranquilidade do sono. E Simone era a amiga para as longas horas ao telefone, aproveitando os momentos solitários para falar à vontade. Mas eram geralmente as confidências da outra, que não tinha as suas para compartilhar. Simone sim: a tristeza de perder a irmã querida e mais ainda por reconhecer que, se coubesse ao velho a escolha, certamente optaria por manter consigo a filha que se fora; a rendição da mãe, caniço frouxo que lhe fazia falta para repartir as rudezas do velho; o convívio sofrido com a menina, que se sentia obrigada a amar; os longos dias reprimidos e vazios. Mas não cabiam no repertório dessas longas confissões quaisquer menções sobre o pai da criança indesejada. O que ela se atrevia a perguntar à amiga era algo de seu: e Jonas, incomodando muito, todos os dias? Aquilo era abuso. Mas, não — Simone protestava —, que o velho fazia gosto: adotara Jonas como filho, do modo como ela, Madalena, havia visto naquele domingo, o churrasco para o aniversário da menina. E a amiga sempre dizia da inveja da vida a dois, sossegada, sem o pai ditando ordens — a paga por sustentar a filha que ela cometera a ousadia de gerar. De Simone ouvia o que o marido não contava: as histórias da casa e da família que ele havia tomado emprestadas.

Mas ali, no hospital, não há ninguém dessa família postiça para oferecer auxílio, um simples apoio, que fosse. Nem o velho, de tantas palavras efusivas para elogiar, prometer, nem as colegas da escola, nem a amiga que, "de todas as horas" faltava à mais difícil. Aquela história sórdida, levando um homem bom ao precipício, afastando auxílios e interesses, temerosos do contágio. São reais ou não os olhares esquivos das enfermeiras? O cuidado quase brusco que dispensam ao sobrevivente do suicídio são calos da experiência ou desprezo? E que ele não fale, nem para confessar suas razões, explicar essa dor profunda, que o atira ainda mais para dentro de si, no ápice da mais extrema desconsideração para com ela. Imaginar um homem sereno com os pulsos cortados, esvaindo-se em sangue, socorrido por estranhos no meio do nada, um sobrevivente do próprio desespero; olhar para o rosto pálido, em sono agitado por sonhos que ela daria tudo para conhecer. Como haveria de ser quando ele estivesse de volta? Que feridas traria, além dos cortes fundos nos braços, da trinca na alma, resultado do ato tão desmedido?

O AVÔ

Olha, Jonas, uma coisa eu digo pra você: no nosso trabalho o equipamento mede e a gente anota essa porção de número, que não é nada se não souber o que fazer com isso, acompanhou? Número sozinho, solto, não é ordem. Quando eu fui pra escola, aprender a profissão, a gente fazia os cálculos todos na unha, com até quatro casas. Agora, tem essa facilidade da calculadora. Mas, se a gente não sabe fazer o número falar, de que adianta a calculadora? Você vê, na sua escola já se usa a calculadora pra tudo e já tem muito agrimensor que não sabe fazer conta. Por isso, eu insisto pra gente fazer e conferir tudo. Se você erra um número, uma conta pequena, o prejuízo é grande. É puxar a trena, é marcar o ângulo, mas o que isso mostra? É terra, é espaço onde se constrói casa, trabalha, planta. É a vida da pessoa, da família dela. Quando eu comecei, era tudo muito mais bagunçado. Veio gente pra cá de todo lado e um tal de desmembrar, essas fazendas enormes vendendo, arrendando, loteando. Depois, vieram os mapas de precisão, esse teodolito novo, e a vida do agrimensor melhorou demais. Mas você tem que saber o que está fazendo, acompanhou? Não dá pra você botar um aparelho pra fazer o serviço e deixar tudo por conta dele. É você no comando, porque o aparelho é burro. As pessoas querem fazer tudo diferente, de um dia pro outro, só porque enjoam depressa de tudo o que está direito. É assim na vida, como está acontecendo, a gente vê. Você tem que usar o seu olho bom pra medir a distância entre o certo e o errado, entre o novo e a novidade, acompanhou?

Mas o que eu queria dizer é que a gente tem esses avanços facilitando a coisa toda, mas você precisa perceber que nem tudo o que é novidade é melhor. Você vê essa coisa de moda. A mulher compra um corte de vestido e costura o vestido que fica uma beleza. Aliás, hoje nem existe mais costureira que preste. A minha Lazinha transformava um pedaço de pano feio em roupa de primeira. A minha filha não sabe pregar botão. Minha neta nem segurar na agulha. Então, agora a pessoa compra a roupa pronta, gasta uma fortuna. Passa um tempinho e não presta mais, porque enjoou. É a perna da calça que alarga e estreita, a gola da camisa que aumenta e diminui, o cumprimento da saia, que esse só encurta. Daí, o que é novo é bom, é bonito, e o que não é novidade não presta. E é assim pra tudo hoje em dia: as pessoas enjoam daquilo que têm, querem outra coisa, querem mais. A gente precisa tomar cuidado com isso, meu filho, tem que pensar e não complicar sem necessidade. Acompanhou?

Olha, meu filho, eu fico falando não é pra encher a sua cabeça não, mas é pra você pensar. Isso vale pra sua vida. É pra você ficar sempre com o olho esperto, medindo certo. É conselho de pai, porque eu fico aqui no lugar do seu pai, não é verdade? Você sabe que pode contar comigo pra qualquer precisão. Eu sou como a sua família e quero bem você, a sua mulher. Você tem a cabeça boa, é esforçado, inteligente, trabalha direitinho. Tem a sua casinha, uma mulher boa, que cuida de você. Às vezes, alguma coisa aparece e puxa a cabeça da gente de um lado pro outro. Aí tem que entrar o nosso olho treinado, acompanhou? Tem que ter cuidado.

Eu queria que você tivesse conhecido a minha outra filha. Aquela era uma espoleta, mas tinha o olho bom pra tudo. Digo que eu ia gostar demais de ver vocês dois juntos. Falo isso assim, mas sei que você tem a Madalena, que é uma mulher boa. Mas você precisava ter conhecido. Você vê essa que está lá em casa: não tem cabeça, não pensa, nunca pensou. Essa aí não ia servir pra você. E a menina é como ela, viu? Igualzinha.

A MULHER

A palavra "intimidade"... Tudo o que é "íntimo". Segredo. Ela nunca havia pedido o que ele jamais soube dar. A mãe dizia "intimidades" para se referir ao sexo. Como se ela não tivesse precisado aprender as primeiras lições sob a zombaria das amigas de escola, as mais sábias mostrando, ensinando às novatas, contando vantagens acerca do visto, experimentado. Do entusiasmo de uns primeiros toques e ousadias, mais receios que descoberta. Daí, o casamento para pôr à prova os sonhos e os desejos. Então, a temperatura comedida, uma afoiteza sem jeito, o mistério todo desfeito em gozo mínimo, em desconforto travestido de cuidado. Bom, enfim. Pouco. As intimidades no escuro, solenes; as intimidades desatentas; as intimidades sonegadas, insensíveis, invisíveis. A sopa rala dos dias, diluindo tudo, enquanto a substância densa do segredo permanecia na posse exclusiva dele.

E agora essa explosão de veemência, no gesto de se aniquilar. Que acontecimento, sentimento, arrancara a casca, escancarando um homem dessa forma bruta? Esse homem é dois ou é vários, como os cortes pelo corpo, desesperados, mais o rasgo a estilete no pescoço, sem o ímpeto suficiente para ir mais fundo? Esse homem, estirado na cama, salvo de si mesmo, é um personagem criado para a esposa correta, enquanto existe outro, que vive o mundo dos demais? Qual deles foi incapaz de suportar os extremos? Qual deles havia segurado a mão do outro, que desejava morrer?

Encostada à janela do quarto, ela observa o corpo descoberto, suado, entregue como ela nunca viu antes. Um movimento discreto e o olhar se perde entre as copas dos ipês exuberantes, por detrás dos muros do hospital. Só um leve torcer de músculos mínimos para retornar à visão da cena patética, mostrando um homem feito, de olhos úmidos postos nela, súplices, um homem cujo fracasso em tirar a própria vida testemunha o fracasso de viver.

A MÃE E O AVÔ

— Olha, pai, eu tô até tremendo. Se não tem nada, por que é que ele não veio trabalhar? Por que ele não tá aqui, agora?

— Não veio porque está doente. E porque está doente não veio almoçar. Ele não falta, não é de faltar, é responsável. Se não veio, quando não vem, é porque não tá bom. Liguei lá pra saber dele e não atendeu. Depois, vou até lá pra saber e pronto. E nem vou falar dessas coisas, que não tem nem cabimento falar uma coisa dessas pra um homem feito ele. Essa menina tá mexendo com fogo. Isso é muito grave, enlamear a reputação de um cristão. Você devia ter vergonha. Essa menina besta. Vocês duas, gente besta. Onde já se viu...

— Escuta, pai, presta atenção.

— Não, presta atenção você. O que é que você está pensando? O que é que você e essa menina tonta estão querendo? Eu achava que ela era melhor do que você, mas devia ter desconfiando que, vindo daí, não podia ser boa coisa.

— Mas não veio só daqui, né pai? Eu não fiz sozinha.

— É filha sua, Simone! Você não tem coisa boa pra passar pra ela. Eu tentei tirar ela da sua saia, mas não consegui. Acho que é isso que está acontecendo agora: esse sangue arruinado que você tem passou pra ela. A sua mãe era frouxa da cabeça também, é disso que eu falo.

— Agora é a mãe, sou eu, muito bom. Mas não é disso que eu estou falando agora, pai, o senhor não está querendo enxergar o que está acontecendo. Se o senhor pensar direito, vai ver que tinha uma coisa esquisita...

— Coisa esquisita, sua burra!? Esquisito é esse jeito da menina, vestindo umas roupas, falando umas coisas, cheia de querer, sem rédea. Vai ficando igual a você, que ela não respeita. Esquisito é vocês duas virem com essa história agora. E por que essa menina não está aqui? Onde é que ela está? Eu quero ter uma conversa com ela.

— Ela foi pra casa da Lilian. Falei pra ela ir pra casa da Lilian pra eu falar com o senhor. E pelo jeito não vai adiantar nada mesmo. Nunca adianta.

— Nunca adianta. É verdade. Não adianta nada você vir com essa história. Não sei o que você está querendo. Aliás, sei sim. Isso é coisa sua, nem é da menina. Acho que você ficou enfiando coisa na cabeça na menina. Vai ver até jogou a menina pra cima do coitado do rapaz. Você quer estragar a vida dele, que vive bem com a mulher, tem a vida dele, a casa dele, o emprego, coisas que você não conseguiu ter na sua vida. É só isso: tudo inveja. Você é uma criatura sem qualidade, Simone.

— E por que foi que eu não consegui ter uma vida, pai? Diz aí! Que absurdo, meu Deus.

— Eu acho. Acho um absurdo você fazer isso tudo, jogar lama na vida de uma pessoa de bem. Eu sempre soube que você não prestava mesmo.

— Dessa vez não vou deixar pra lá, pai, eu vou até a polícia. Vou apurar isso, vou falar com o Jonas, vou levar ele pra polícia.

— Faz isso e eu acabo com você, sua miserável. Faz isso pra você ver o que acontece. Eu acabo com você.

— Então, acaba já. Faz o que você tiver que fazer agora, porque eu não vou deixar esse sujeito ordinário se safar, esse sujeito que o senhor fica acobertando enquanto ele fica pondo a mão na sua neta debaixo do seu nariz.

— Ordinária é você, Simone, você sim é uma criatura ordinária, que desgraçou o meu nome.

— Eu! Eu desgracei?!

— Você não vai desgraçar o nome desse menino.

— Menino... Eu vou colocar o seu menino na cadeia, pai, o senhor vai ver. E depois de tudo o que nós fizemos, receber dentro de casa...

— A casa é minha, Simone, tudo aqui é meu e eu coloco quem eu quiser aqui dentro. Aqui dentro mando eu.

— É, tem coisa aqui que não é mais sua, pai.

— Se você quiser levar essa história pra frente, eu boto fim na sua raça.

— Pode vir. Vem! Vem, que agora eu não tenho mais medo de nada.

A MULHER

Vocação... Essa palavra encapada em couro, pesada no dicionário; palavra para caber em discurso de formatura, nas falas de diretores e autoridades em comemoração cívica. Vocação para o magistério — outra palavra ruim. Um único conselho bom da mãe: conseguir o diploma, para depois não precisar depender de homem nenhum. Por que motivo, então, abdicar da autonomia e se dependurar emocionalmente a uma criatura fria? Vocação para o casamento — mentira de altar, de padre. A verdade? Vocação para a dependência, para a submissão, para a aceitação incondicional de que a mulher não pode estar só, sem a proteção de um homem. Um homem, enfim, que não protege ninguém, não se protege, não se importa. Nunca.

Ele tem chances, recupera-se, a bala incompetente para pôr fim àquele arremedo calado de vida. E agora esse silêncio, antes respeitado, até amado como se fosse o sinal da serenidade, aparece povoado de imagens torpes, de desejos cheirando a nojo, sofreguidão muda, a lubricidade doente, apontando os olhos úmidos para os pequenos seios, os shorts apertados das meninas. Talvez os sedativos sejam o paraíso dos depravados e o corpo espetado em soro, agarrado aos fios e monitores, pese nada para a imaginação livre e ele possa visitar impunemente as coxas impúberes que provavelmente catalogava por trás do silêncio. Esse silêncio, agora eu sei.

As visitas na UTI são curtas. O velho telefona, diz que não vem, não gosta de hospital. Ela, obrigada a ouvir, agradecer, atentar para o recado que não vai transmitir. Nada sobre a neta. O que pensar dessa gente, calada perante o que não se pode calar?

Ele não abre os olhos, escondido. Talvez ouça, se ela disser o que nunca disse. Estava desperto há pouco, segundo a enfermeira. Estável, segundo o médico. Teve sorte, faltaram milímetros. Só uns ossos, hemorragia. Vai viver.

E ela?

O AVÔ
Alô, Jonas.
Ô, rapaz, como é que você tá?
Então...
Olha: uma alegria falar com você, viu? Alegria por saber que você vai melhorando, que vai sair logo daí.
Que coisa, hein...

Eu estava numa aflição danada. Liguei pro hospital, ninguém queria dar informação. Mas eu falei aí com uma gente que eu conheço. Pra tudo se dá um jeito. Então eu fui ficando mais aliviado, mas queria mesmo era ouvir da sua boca.

Eu queria ir até aí pra ver você, mas com essa conversa toda, essa história toda, eu preferi esperar. E você ficou uns dias na UTI, não sabia se deixavam entrar.

É, eu achei melhor ligar, agora que você já está mais forte. Mas não deixei de fazer as minhas rezas aqui, viu? E vou continuar pegando no pé do santo.

Sua voz está boa.

Muito bom saber que já passou tudo, que logo você volta pra casa.

Então, meu filho, que coisa...

Diga aí: por que é que você foi fazer uma coisa dessas?

Não, não. Disso eu nem quero falar. Eu conheço você, conheço o seu caráter. Isso aí é uma coisa que... olha... Eu sei quem é essa minha neta e sei quem é esse bicho que é a mãe dela. Eu sei muito bem. Você fique tranquilo. Você tem é que ficar em paz, pra se recuperar logo.

Não. Você não precisa falar nada sobre isso. Eu tenho mais é que pedir perdão pra você por isso que estão fazendo, manchando assim a honra de um homem bom, justo aquilo que um homem tem de mais precioso, que é a honra dele.

Não. Você não tem que ficar pensando nisso agora. Tem que fortalecer o ânimo, o corpo. Eu faço uma ideia de como essa coisa toda fez mal pra você. É duro demais lidar com isso. Mas eu sei de tudo, viu? Eu sei como é que funciona na cabeça daquela gente que eu tenho lá em casa. E você pode ter certeza de que eu vou pôr isso tudo em ordem. Isso não se faz com uma pessoa de brio.

Fico pensando na Madalena, no sofrimento dessa moça.

Você não pode mais deixar que isso derrube você desse jeito. Isso é um pecado muito grande que você fez.

Não! Rapaz, eu estou falando de você atentar contra a sua vida, que é coisa sagrada! Isso não tem cabimento. Eu imagino a sua dor, o sofrimento. Não sei se eu, no seu lugar, também não iria cair no desespero, pensar numa coisa dessas que você tentou fazer e que, graças a Deus, não conseguiu. Deus é bom, meu filho; salvou você das consequências desse passo errado e deu outra chance.

Agora, vê se descansa, recupera as forças. Daí, depois, quando estiver tudo em ordem outra vez, a gente vai conversar bastante. Vou dar uma boa folga pra você, viu? Quando você for voltar, eu quero que você esteja sossegado. Não precisa ir atrás dessa conversa de médico, que vão querer dar um punhado de remédio, fazer você ir em psicólogo e essa baboseira. O melhor médico é o trabalho, meu filho, é ir lá pro mato, fazer o serviço bem feito. E você é bom trabalhador, Jonas.

Vai ficar tudo bem.

Não se preocupe aí com essa coisa do hospital. Eu já falei com um amigão meu, que tem aí. Você não precisa se preocupar com nada, que tudo se ajeita. Eu falei pra ele falar com a Madalena, pra acomodar você nesse apartamento melhorzinho que eles têm aí. Você tá bem acomodado?

Isso, então tá certo.

Não tem que agradecer não, porque eu tenho essa obrigação de fazer por você. Eu quero assim. Você tá sofrendo esse pedaço e eu me sinto responsável porque fui eu quem levou você pra trabalhar lá, perto dessa gente.

Não. Eu não quero falar nisso, não precisa. Eu sei muito bem que, seja lá o que aconteceu, não foi sua culpa.

A MÃE
A atendente chama um número. Onde a senha? Terá perdido a vez?

Quando criança, estar entre a maioria é proteger-se: opiniões, atitudes. Melhor estar entre as de mesma idade, que ser mais velha é ser olhada com desconfiança e entre as mais novas é ser desprezada, alvo da chacota cruel de que só as crianças são capazes. Mas quando se deixa de ser criança? Quem deve ensinar a arte de se tornar adulta?

O tempo passa. A sala cheia, os ventiladores zunindo, inúteis.

Não é o que se deseja, mas uma necessidade que brota, uma necessidade negativa, de não poder querer mais algumas coisas, sem saber ao certo que desejos colocar em seu lugar. Vez ou outra, conceder ainda para as brincadeiras, apesar do desconforto, apesar dos dias que teimam em envelhecer o mundo. Mas a recordação desse tempo é de um vazio crescente que vai sendo preenchido pela angústia.

A atendente em silêncio. Agora a senha na mão suada. O número, consultado minuto a minuto, não muda.

O que se vê na televisão. O que se sabe aos cochichos. O que se oculta sob as ameaças do pecado e do inferno. O que se sabe e não se sente. O que se sente e não se entende. O que se entende, mas se recusa. O que se quer e se teme.

Será preciso contar as intimidades para um estranho, sentado atrás de uma mesa, vestindo terno e gravata?

Entre as amigas mais maduras, é possível acessar as reservas infantis sem remorso, todas usando a zombaria para fingir que não existe a mais dura saudade do irrecuperável, pedaço de infância encruado na alma, doendo sempre. Então, exagerar os trejeitos, rir das lembranças recentes, entregar-se com prazer à farsa coletiva, torcendo intimamente para que tudo volte a ser como antes.

Ela ouve a voz da atendente chamando com insistência, como num sonho.

Brincadeira de rir do que mal se sabe, de rir do que se descobre aos pedaços, rir à toa. Brincadeira de investigar, de questionar com desconfiança, de espionar pelas frestas, de ouvir para depois contar, compartilhar e rir. Brincar de ensinar. Brincar de mostrar. Brincar de esconder.

O calor da sala de espera faz fermentar as lembranças.

A casa espaçosa, arejada, o pomar imenso: a perfeição para a melhor brincadeira de esconder. Na fronteira da idade, as amigas experimentam conceder um aceno à infância, com ares de troça, como se não fosse um desesperado apelo à indiferença do tempo. Correr de pés descalços pelos cômodos e corredores amplos, segurando o riso de pura alegria; saltar as janelas com agilidade redobrada; perder-se em meio aos galhos das árvores mais altas, depois de escalar os troncos, cheias de coragem; sumir entre as ferramentas do depósito ou por trás das cadeiras pesadas do escritório, de onde se pode ver sem ser vista. E dali, do escritório, o receio respeitoso afasta as menos ousadas, especialmente quando o pai trabalha ali, com ares compenetrados, mas tolerantes com a algazarra colorida das meninas pela casa. E na tarde mais quente, o luxo do ventilador de teto roncando de leve, abafando os ruídos de quem se oculta sob a mesa, pedindo, cúmplice, àquele que ali trabalha, que não a entregue, para que fiquem os dois ali, ouvindo as vozes divertidas, depois preocupadas, das amigas que buscam em vão pela anfitriã, perguntando à mãe que nada sabe, mergulhada em algum afazer, a menina vitoriosa, mesmo que tenha que se deixar ficar, perdida em esconderijos cada vez mais inacessíveis, a brincadeira repetida mais e mais, a brincadeira forçada, envergonhada, séria, segredo perfeito.

Agora, o número chamado é nítido na voz da atendente. Ela se aproxima do balcão.

— Quero fazer uma denúncia.

A MULHER

— O doutor vai dar alta — a enfermeira diz.

A boa recuperação, as vantagens de seguir o tratamento em casa. Ela prefere esperar na porta do quarto. Não quer entrar mais. Ele vai estar acordado, vai fitá-la com os olhos fundos, marcando a expressão nova, que ela não reconhece. Um rosto implorando por ajuda, talvez, mas ela não tem certeza.

Muita sorte. Uma série de cuidados, a situação delicada, como ela precisa compreender. Ela faz que sim. A cabeça cansada, os olhos ardendo de tanto velar por um corpo insepulto. Quem escapou da morte e quem não escapou? Por quê?

— Ele vai precisar de acompanhamento, atenção, paciência — a psicóloga diz, segurando as mãos dela, num gesto desnecessário e incômodo.

O veneno preparado em silêncio e diluído por anos e anos: mal-estar que não cessa. A ex-amiga insistindo para que ela diga o que não sabe, jamais soube, e então confrontá-la, arrancar dela alguma coisa para alimentar o descontrole, o ódio. Os fatos, as mentiras — novas e antigas —, as acusações e segredos rompendo o elo finíssimo da sua convivência com uma família que não é sua. O velho, a menina, Simone, Jonas: família à qual não pertence. Lidem eles com seus dramas. Ela não lhes pode dar o que Simone quer, o que o velho teme, o que Jonas necessita. Da menina, não sabe absolutamente nada.

— Ele teve muita sorte. A bala passou perto de centros vitais importantes — o médico diz.

Tão perto. Um pouco mais e ultrapassaria as trincheiras, expondo esse aliado ou inimigo tão bem guardado? Que fosse para extravasar um sangue grosso, sujo, ou uma linfa rala, e então ela seria capaz de evitar o remorso por aquilo que sente ou que não consegue sentir. Mas é apenas um buraco de dor, que se fecha aos poucos. A causa de tudo, essa já foi extraída e agora se esquece, objeto inerte e inócuo, ela não sabe onde.

Ela não pergunta nada, mas o plantonista explica que os cortes, os tendões seccionados, o nervo, o movimento das mãos, cirurgias, recuperação algo demorada. Ele se diz otimista, mas é necessário aguardar. A diretora da escola telefona e fala de faltas, licença e substituições, dificuldades e cuidadoras. Voltando para casa, ele precisará da ajuda que nunca pediu e que ela já não pode oferecer. O mais difícil vem agora. O insuportável.

As diárias da UTI, as regalias do quarto privativo e outras tantas despesas não cobertas pelo plano de saúde precário, tudo pago pelo velho. Ela não vai agradecer.

Ela ajeita as roupas na sacola, com precisão aflita. Ele à espera, na cadeira de rodas. Falar é a síntese do necessário. Tudo o que ela não sabe e não deseja saber, tudo o que ele não disse e não precisa dizer. Necessário chamar um táxi. Os dedos no interfone só conhecem um número, para ouvir do outro lado da linha o palavreado interminável do velho ou a indesejável aspereza de Simone. A assistente social vai providenciar o transporte. Ela se coloca atrás da cadeira e empurra através dos corredores cheirando a antisséptico. Então, ele aciona o freio bruscamente e volta para ela o rosto fino que brota da gola alta, usada para esconder a marca no pescoço. Quando ele fala, é com uma voz humilhada, morta:

— Perdão pelo que eu não fiz.

Medicina preventiva

Há o movimento dos funcionários da prefeitura na praça, podando, aparando, varrendo, e o consequente cheiro da grama recém-cortada. E há outro aroma mais adiante: o de pão assado, que a padaria ao lado do hospital alardeia para atrair os apetites matinais. O agasalho mostra-se excessivo para a caminhada na manhã fria, nem tanto, afinal. Já é mais um sinal do desacerto que inaugurou o dia com um jejum desnecessário, mas impossível de quebrar, e com a taquicardia insistente, que suspende o fôlego de quando em quando. Talvez, se caminhasse tranquilamente, observando a paisagem. Inutilidades.

São nove ou dez quadras até o consultório: o tempo suficiente. Mas sempre há que se contar com os atrasos do médico para acirrar as tensões da espera. Os exames no bolso do casaco, o cartão do convênio no da camisa, um livro para disfarçar ansiedade (nada muito denso, a exigir mais que a mera atenção dos olhos). Nada funciona muito como planejado: os passos pedem uma pressa desnecessária, um começo de suor nas axilas, as casas velhas diante do hospital têm os telhados emendados, prestes a ruir, passa um caminhão soltando fumaça, o dia já é barulhento a essa hora.

As secretárias e atendentes representam um obstáculo. Algumas sorriem, outras são frias, profissionais, outras ainda não possuem o menor tato. São estas últimas aquelas com as quais é preferível lidar, evitando riscos. Mas é um trato desgastante. Estão entediadas, cansadas, não apreciam o que fazem, ganham mal, ou então existe um incômodo qualquer, um que prejudique o sono, altere o humor, traga as incertezas próprias das piores dores, daquelas que fazem arriscar uma consulta médica. Para essas, entregar cartão, documentos, confirmar endereço, telefone, conservar consigo os exames, por precaução. Aguardar.

Televisão sem som. Conversas em tom menor. Revista velha. Que ninguém se atreva a buscar conversa, simpatia. É preciso repassar o texto e se preparar. Toda demora é intragável, toda espera tortura.

Alguns médicos chamam pessoalmente os pacientes, vêm recebê-los à porta do consultório, estendendo-lhes a mão. Exceções. Cumprimentar polidamente, pedir licença, sorriso, sentar-se e aguardar. É possível atacar, tentando manipular a conversa para obter alguma vantagem, mas a estratégia tem seus riscos. Uma palavra mal colocada pode trair as intenções e pôr a perder todo um minucioso planejamento de defesa. Porque o que está em jogo é justamente isso: a habilidade para obter o que se deseja sem abrir mão da necessidade de se defender.

Simular toda a segurança e responder com clareza, sem titubear; ser frio e raciocinar rapidamente, de modo a apreender a intenção da pergunta tão logo é formulada; as brincadeiras constituem risco, podem trair o nervosismo; jamais exibir sinais como um tremor nas mãos, roer as unhas, coisas assim. Mas nem sempre é simples. Um dia traiçoeiro... e a dor. A dor, princípio de tudo, motivo de se render aos perigos de estar cara a cara com o inquisidor, voluntariamente.

Em primeiro lugar, algumas perguntas genéricas, em geral banalidades amistosas, segundo o temperamento do médico. Enquanto isso, rasgar o lacre dos exames, já previamente conferidos, para evitar surpresas. O conhecimento necessário para interpretar os resultados dos exames laboratoriais é essencial, já que a ignorância é sempre desvantagem. Não sendo possível igualar as habilidades e a experiência do adversário, aconselhável, ao menos, conhecer o terreno, os seus termos. Os exames são sempre reveladores e, caso o sejam em demasia, é preferível estar preparado, ou mesmo buscar alternativas seguras.

Os resultados não preocupam — a voz tranquilizadora dizendo o que já se sabia de antemão. Mas, daí, a ameaça: talvez seja necessário solicitar outros, mais específicos, caso não se possa detectar as causas do problema. Vencido a duras penas o desafio da anamnese, contornado o inconveniente dos exames laboratoriais, contava-se com o conforto de uma receita que trouxesse o alívio, sem maiores preocupações. E vêm algumas novas perguntas sobre a natureza, a localização precisa, a intensidade, a duração e outras características da dor. Não se pode dar informações excessivas, mas não se pode, tampouco, negá-las. Além disso, há que se recordar das respostas fornecidas durante a primeira consulta, anotadas na ficha a caneta vermelha (médico de procedimentos tradicionais, um péssimo sinal). Apontar o local mais uma vez — ligeiramente deslocado —, amenizar o desconforto e reduzir as ocorrências a, no máximo, uma vez, dia sim, dois não.

Entretanto, contra todas as possibilidades consideradas, o médico improvisa e informa que vai proceder a novo exame físico. Agora é conter-se, engolir a queixa, mostrar confiança. Abrir a camisa, não é preciso tirar, abrir o botão das calças, deitar-se, respirar fundo, virar-se, virar-se outra vez. Se dói? É preciso responder com voz firme, as mãos do médico percorrendo um lado do abdômen, buscando algo capaz de justificar, esclarecer, indicar. E na ansiedade que acompanha esse momento, disfarçar o medo de que, afinal, apareça o que é palpável, o que é grave, capaz de alterar a expressão do médico, algo que seja o rosto daquela dor. A inconveniência de não falar enquanto as mãos do médico procuram, permanecer relaxado, respirar normalmente, interminável silêncio.

Quando tudo termina — já pode se levantar e ajeitar a roupa — e o alívio aguarda ansiosamente por um sinal libertador, sobrevém aquela punhalada terrível: Ela, a dor. Despertada pelo toque do médico, pelas tensões, talvez pela pura perversidade dos males que afligem a penosamente mantida paz do corpo, vem a onda negra embaçando os olhos, testando a máscara otimista que se desmancha num segundo. O médico pressente. Se houve alguma coisa? O jejum, o jejum desnecessário. Comer alguma coisa tão logo deixe o consultório. Não, não é preciso; não, não é nada, apenas uma ligeiríssima vertigem.

Agora, a atitude confiante não mais se justifica. O punhal revira as entranhas, lançando a agonia aos olhos, que perdem a serenidade. Mas não haverá de ser pela tensão com que se aguarda o veredito que a dor revelará toda a sua dimensão, seu segredo. Quase se pode ouvir a voz do médico dizer que não há motivos para grandes preocupações, talvez um problema anatômico, nada sério, tome aqui esses comprimidos a cada doze horas, cuidar da alimentação, vai se sentir melhor em um ou dois dias. Mas, não. Sua fala é outra. Suspeita de algo, exames não conclusivos, a dor ocultando possíveis causas, alguns sinais preocupantes, necessário investigar mais. E rabisca no receituário novos pedidos: exames complementares, imagens. A estratégia é fotografar o inimigo, fazê-lo mostrar sua face. O que é inaceitável.

Nas despedidas, não é mais necessário ser cordial, pois jamais tornarão a se ver. A recomendação de passar pela secretária e marcar o retorno para trazer o resultado dos novos exames é seguida apenas em parte. Diante da mesa, diante do rosto impassível da moça a conversa é outra, em voz baixa, para que o escândalo não contamine a sala ascética. Aproveitar-se da dor que ainda fere fundo, mais que a frustração, e dar resposta ao desdém com as palavras adequadas, para que a moça empertigada, de maquiagem forte e voz áspera, empalideça, como a experimentar a humilhação de ser fustigada por um mal sem nome e, talvez, sem cura.

Sair à rua é quase um alívio. A dor ainda estica seus braços, mas vai recolhendo as armas. Sua mensagem segue convincente. O medo enregela as costas e trava os passos, todo casaco insuficiente para o suor frio. É cedo, entretanto, para desistir. Da próxima vez, procurar alguém que descubra o que não se pode descrever, aquilo que — implorar aos céus, por sobre as dúvidas — não pode ser grave; um médico que seja capaz de trazer as boas notícias sem fazer tantas perguntas.

© 2022, Edmar Monteiro Filho

Todos os direitos desta edição reservados à
Laranja Original Editora e Produtora Eireli

www.laranjaoriginal.com.br

Edição e revisão **Germana Zanettini**
Projeto gráfico **Arquivo [Hannah Uesugi e Pedro Botton]**
Foto de capa **Madlin Futrell / Flickr**
Foto do autor **Regina Maria Carpentieri Monteiro**
Produção executiva **Bruna Lima**

Dados Internacionais de Catalogação na Publicação (CIP)
(Câmara Brasileira do Livro, SP, Brasil)

Monteiro Filho, Edmar [1959–]
    O acorde insensível de Deus / Edmar Monteiro Filho; prefácio Suzana Montoro — 1. ed.
    — São Paulo, SP: Editora Laranja Original, 2022. — (Coleção Prosa de Cor; v. 12)

ISBN 978-65-86042-61-0

1. Contos brasileiros
I. Montoro, Suzana. II. Título III. Série.

22-133944   CDD-B869.3

Índices para catálogo sistemático:
    1. Contos: Literatura brasileira B869.3

Cibele Maria Dias — Bibliotecária — CRB 8/9427

COLEÇÃO **PROSA DE COR**

Flores de beira de estrada
Marcelo Soriano

A passagem invisível
Chico Lopes

Sete relatos enredados na cidade do Recife
José Alfredo Santos Abrão

Aboio — Oito contos e uma novela
João Meirelles Filho

À flor da pele
Krishnamurti Góes dos Anjos

Liame
Cláudio Furtado

A ponte no nevoeiro
Chico Lopes

Terra dividida
Eltânia André

Café-teatro
Ian Uviedo

Insensatez
Cláudio Furtado

Diário dos mundos
Letícia Soares & Eltânia André

O acorde insensível de Deus
Edmar Monteiro Filho

Fonte **Tiempos**
Papel **Pólen Bold 90 g/m²**
Impressão **PSi7 / Book7**
Tiragem **200**